江戸吹《えど》き《ふ》寄《よ》せ

荘司賢太郎　著

「江戸吹き寄せ」・目次

まえがき

大好きな茶碗をいとしげに撫でている
茶人のような卓抜の大文章
―長い題名の序文―

小山観翁

市川家や、ゆかりの家筋の俳優が『助六』を演ずる場合、その地方（ぢかた＝伴奏）は河東節である。歌舞伎十八番の一つである。

著者荘司氏は、前著二冊でもご承知の通り、その河東節は、その『助六』の舞台で、実際に演じてきた長老の一人である。

いや、河東節ばかりではない、その芸歴の最初のものは、荻江だった、というように、現在〝古曲《こきょく》〟という分類に入る三味線音楽を、広く調査、習得した貴重な存在である。

氏が、一般の研究家と一味も二味も違うのは、このように、実際に自ら演じて来ている、数すくない〝体験者〟だということであろう。芸の研究には、実地体験が、大きく役立つものだが、その実技体験の大切さは、実際に演じた人でないとわからないので、ただひたすら書斎にこもっている研究家は、その大切さを軽視しがちである。

が、この本を手にすると、著者の〝芸〟に対する愛念が、その文献的研究の成果に、いかに深くかかわって居るか、いかに貢献しているかがよくわかり、これこそ、自分の言葉で喋る、血の通った研究だ、とよくわかる。まことに畏敬の念を禁じえない名著である。

出版という仕事が、普及している現在、文献の研究は、根気さえあれば、誰でも不可能ではない。

けれども、昔は〝写本〟といって、手書きのコピーで伝わった文献もすくなくない。相手は、原本を見て、それを筆写するのだから見まちがえもあろうし、写し手の思いちがえもあるだろう。困るのは、その次に、間違った写本から、第二、第三のコピーが出来てしまうことで、そのような〝異本〟の洪水の中を掻きわけて、〝ほんもの〟を選び出すという、難工事が待っていることであろう。

その本が、正しい伝承経路にもとづくものか否かを、判別しなければ、先へ進むことはできないのだから、机上の空論をふりかざすだけでは、成り立たないわけである。

特に圧巻は、『助六』について、半太夫節と河東節が、出場、欠場をくりかえし、結局、現在のように、旦那衆《アマチュア》に出勤を仰いで、これを〝御連中様《ごれんぢゅうさま》〟と、特別に〝御〟の字を付け、河東節の持ち場として扱うようになった由来についての論旨である。

それは、練り上げられていて、要約しようにも、これ以上はカット不能な大文章で、歌舞伎の研究家はもとより、ひろく邦楽愛好家や習得を志す人々必読のものといえよう。

おそらく、荘司氏は、この論文をまとめながら、一中節のことになれば、一中節のメロディが脳裡をかすめ、河東になれば河東、荻江、清元などなど、多様の邦楽が頭にうかび、うかぶたびごとに、自然に筆が動いて、これほどの文章の流れが出来ていったのではあるまいか。

おそらく、ご本人は、イヤ、そんな事はない。一語半句も、苦心の末の文意である、と反論もあろうが、私から眺めれば、大好きな茶碗を、いとしげに撫でている茶人のような、此の一連の論文が、只の研究家のそれと、同じであろうはずがない。そこには、実技の習得と探求、それを縁に出会った演奏家との人間模様など、実に羨《うらや》ましい軌跡が、からみ合った、筆者ならではの、江戸文化の世界が、展開しているのである。

このゆえに、芝居を見るお客さんは、たとえば『助六』を見るならば、あの格子の中にギッチリつまった〝河東節御連中〟の紳士淑女衆にも、実は深いわけや伝統があり、あの人々は、大事な文化財の実践者であって、アダやおろそかに眺めてはならないものだ、と考えるようになってほしいものだ。

　いづれにしても、この三部作は、是非とも三冊を通して読みたいものと思う。読めば読むほど、著者の謙虚にして、高雅清明な文意に、心いやされる方も多いだろうし、氏の努力も、実を結ぶのではあるまいか。

第一章　桜餅屋の娘(一)　長命寺山本屋

東京の甘党で長命寺の桜餅を知らない者は、まず、いないだろう。

長命寺の桜餅は江戸時代から有名で、方外道人の『江戸名物詩』（天保七年刊―1836）という漢文の狂詩集には、当時の江戸の名店、名物が詠み込まれているが、その中に、

長命寺桜餅
幟高長命寺辺家　下戸争買三月頃
此節業平吾妻遊　不吟都鳥吟桜餅

とあり、その人気の程が知られる。
長命寺桜餅の店は山本屋といい、今でも墨東の隅田公園内にある。
桜の名所の隅田公園は、吾妻橋から上流に向かった隅田川の両岸にある。
浅草側の入口は吾妻橋の袂だが、本所側の方は少し上流に源兵衛堀という河童伝説のあ

る掘割があり、それに掛かっている枕橋を渡った辺り、東武鉄道のガード下を潜ったところが南の入口になっている。本所側の公園を北の方へずっと歩いていくと、北の外れの向島口近くに桜橋という歩行者専用の橋が掛かっているが、その少し先の右側に山本屋がある。

桜橋が出来てから、川の両側の公園の往来が容易になって、桜の頃はもちろんだが、ふだんでも散歩やジョギングの人達で結構賑わっている。

長命寺は山本屋の裏の土手下にある。虚子の句に、「桜餅食ふてぬけけり長命寺」とあるように、昔は山本屋のすぐ脇の小道を下りていくと、長命寺の裏門で、そこから境内へ入れたものだが、今は抜けられなくなっているようだ。

現在は公園の上を高速道路が通り、昔日の景観はすっかり失われてしまったが、山本屋の店先の縁台の緋毛せんの上に腰掛けて、茶をすすりながら枡の片隅に盛られて出される桜餅を、川を眺めながら食べた記憶がある。

桜餅というと、普通の桜餅は柏餅と同じで一枚の葉で包んであるが、長命寺の桜餅は一個に二、三枚の葉を使っていて、まず香りがよい。あまり香りがよいので、葉っぱごと食べる人もいるようだが、私はやはり葉は食べない。一口話に、「カワを剥いて食べろ」といわれて、川の方を向いて食べたという笑い話がある。

長命寺の正門は、隅田公園に沿った土手下の通りに面していて、同じ通りのすぐ脇に興福寺があり、少し言問寄りのところに三囲《みめぐり》神社がある。

隅田川七福神巡りというのは、文化元年（1804）に百花園を開いた佐原菊塢と、その周辺の文人墨客達の遊びから始まったといわれているが、その七福神の大黒とえびすが三囲神社に、布袋が興福寺、長命寺には弁天と、ごく近距離の間にあるため、正月にはお詣りの客でごった返す。隅田川七福神詣でというはとバスのツアーもあるようだ。

ちなみに、残りの三福神は、百花園に福禄寿、白鬚神社に寿老神（白鬚明神は神格が高い神なので、寿老人ではなく寿老神と書く）、この二神は墨堤通りの地蔵坂近くにあり、毘沙門天を祀る多聞寺だけは少し離れた鐘ヶ淵にある。「野ざらし」という落語を得意にした先代柳好の、その「野ざらし」の中に出てくる入相の鐘は隅田堤の多聞寺の鐘となっている。

さて、長命寺に話を戻すが、長命寺の開基ははっきりしない。三代将軍家光が鷹狩りに来た折、気分が悪くなり、当時まだ小さな庵室に過ぎなかった長命寺で休息して庭前の井戸水で薬を呑んだところ、立ち所に回復したので、その井戸に長命水という号を与え、寺の名を長命寺と改めるよう命じた、と『江戸名所図会』にみえる。その割注に、それ以前の寺の名を常泉寺といった、とあるが、常泉寺という同名の古刹（日蓮宗）が言問近くに今も実在している。しかし、常泉という名前は、良い井戸があったからの名ではないかと想像がつく。

長命寺の長命水の井戸は既になく、碑だけが残っている。

山本屋の先祖は銚子の者で、元禄四年（1691）に江戸へ出てきて、長命寺の門番になったという。墨堤に桜を植えたのは将軍吉宗で、幕末の隅田村名主坂田氏の書上に、『向島隅田村寺島村須崎村小梅村大堤通桜埴附原本』として、享保二年（1717）五月に関屋にあった隅田川御殿の庭へ赤松、つつじ、桜などを植え付けた折、「御見通御慰薄き故、木母寺門前より寺島村内橋場渡船場脇御上り場迄、大堤左右へ桜百本御植附相成候」とあり、同じく十一年中に、同所へ桃、柳、桜共、百五十本植え増した、と出ている。

山本屋の先祖は、これらの桜の落葉を見て、桜餅を売ることを思いついたのだという。とすると、山本屋の創業は享保の末か、その後の元文、寛保頃と思われるが、長命寺桜餅が世に知られるようになったのは文化、文政時代なので、諸説がある。

三田村鳶魚《えんぎょ》は『桜餅』と題した一文を草しているが、山本屋の創業を寛政二年（1790）としている。それによると、寛政元年の冬から翌二年の春にかけて、中洲の取り払いと同時に大川筋の浚渫工事が行われ、その泥土が隅田川の土手普請に使われた。

「屋根船も屋形も今は御用船ちつつんは止みつちつんで行」という狂歌は、その時出来たものである。いうまでもなく、「ちつつん」は三味線の音で、それが、「土積んで行く」になったというのだ。

中洲は隅田川の下流にあった洲で、明和八年（1771）にそこを埋め立てた後、月の名所として水茶屋などが建ち並び、おおいに賑わった。しかし、洪水に弱いため、寛政元年に再び掘り返して、中洲を取り払ったのである。

鳶魚は、次のような『後見草』の文を引用している。

「隅田川の堤より桜の並木を植へしも此の頃の事也、むかしは此の堤高からず、三囲稲荷石の鳥居笠木の堤の上へ来たりし也、三股中洲の新地とりはらひになりし時、其土を以て高く築上たり、さるゆへに今も此辺をゐがくには、堤の上より鳥居見ゆる図あり、是にておもひはかるべし」

その鳥居と同じものか、どうか、わからないが、今も三囲神社の裏門の前に大きな石の鳥居が建っている。鳥居の前がすぐ土手で、石段を上がって上に出ると、そこはもう隅田公園である。

享保の頃の、河東節と一中節の掛け合いの曲『隅田川舟の内』に、「葉にうへし鳥居こそ、かさ木ばかりをみめぐりの、のびあがらねば見えぬなり」とある。

寛政の初めに土手が高くなって見えなくなったのはわかったが、それ以前でも三囲の鳥居は伸び上がらなければ見えなかったのである。

余談になるが、『末摘花』に、「嚊《カカア》が口のび上がらねば吸へぬなり」という句がある。蚤の夫婦を詠んだ句だが、岡田甫氏は、この句を『隅田川舟の内』からの文句どりとしている。

鳶魚は山本屋の創業を寛政二年に桜が植えられた時以後のこととしている。川柳研究家の西原柳雨氏は、「やきながら女房の食ふ桜餅」という句から、天明の頃まで遡って考えているようだが、それに対して、花咲一男氏は、「桜餅」という下の句は間違いないだろう、といっている。

といった具合で、長命寺桜餅の起源ははっきりしない。

ちなみに、「やきながら――」の句は、山谷の葬式を詠んだものという。山谷の葬式では、葬式饅頭の代わりに桜餅を出したそうである。山谷から見れば、長命寺は川向こうで、渡しがあるのでそれ程遠くはない。

葬式がすめば、弔問客は家に帰るのだが、何せ山谷という場所がよくない。吉原が近いのだ。それで、つい、悪友連は誘い合わせて吉原へ繰り込み、泊ってしまう。朝帰りの亭主が持ち帰った桜餅は、一夜経って固くなっている。その桜餅を女房は焼き（嫉き）ながら食べるのである。

何でもないような句だが、奥があって、説明を聞かないとわからない。

三田村鳶魚の『桜餅』によると、天保八年（1837）十一月二十五日に「桜のばば」といわれた長命寺桜餅の老婆が死んだ。

その時、村田了阿は、

寺の名も長き命もあだ桜
　葉っ葉六十四出の山風
始には唯腰かけの御茶の水
　後は桜のばばと云はれつ

という二首の狂歌を詠んで贈ったという。

村田了阿は国学者である。有名な村田という煙管《きせる》屋の次男として生まれたが、早くから仏教に帰依し、書、画、詩、俳諧、狂歌をよくした。了阿は法号である。博学で、さばけた人物だったらしく、多くの人から愛され、親しまれた。前出の『江戸名物詩』に、了阿の実家、村田煙管も出ているので、次に挙げる。

村田喜世留　浅草御蔵前
店自繁昌品自鮮　風流仕込在村田
近来新製文人張　吸出詩歌幾首烟

第二章　桜餅屋の娘(二)　おとよ

三田村鳶魚は、長命寺の桜餅屋を始めたのは、この、「桜のばば」といわれた老婆だったとしている。彼女の名は書いていないのでわからないが、隅田川の土手の工事があって桜が植えられた寛政二年（1790）には、彼女は番茶も出花の十七歳だった。

山本屋の一族は美人系の血筋だったようで、彼女も美しかったと思われる。看板娘として評判になり、店も繁昌したことだろう。彼女の跡目は息子の金五郎が継いだ。

その金五郎には男女二人の子があり、三代目は弟の新六が継いだが、姉のおとよは天保十一年（1840）生まれで、無類の美人と評判が高かった。

その評判を聞いて、田安慶頼は牛島神社参詣にかこつけて、おとよに桜餅を持参させたといわれる。

牛島神社は、今は昔の場所からかなり南の吾妻橋寄りに移っているが、当時は山本屋のすぐ脇にあった。

田安慶頼とは、田安家の徳川慶頼のことで、文政五年（1822）生まれで、明治三年

（1870）没、行年四十九歳、と平凡社の『日本人名大事典』にはあるが、文政十一年生まれ、明治九年没、とした人名事典もある。（行年は同じ）慶頼は安政五年（1858）に将軍家茂の後見役になっている。

田安家から出て、十五代将軍徳川慶喜の跡を襲って徳川宗家を継いだ徳川家達は、慶頼の三男である。

長命寺桜餅は、天保七年刊の『江戸名物詩』にも出ていたように、その頃にはすっかり隅田堤の名物になって、安政元年（1854）三月には芝居にも取り上げられた。河原崎座の新狂言『都鳥廓白浪』で、作は黙阿弥である。

市川小團次の忍の惣太が大当たりだったが、その惣太の家が桜餅屋になっていたので、狂言の方も都鳥とか、桜餅とかいうようになった。それで、山本屋では、この芝居の上演中、毎日桜餅五箱を贈って抜け目なく自家宣伝をしたという。この時、おとよは十五歳である。

鳶魚は、十四歳と書いているが、これは間違いだろう。

おとよの一枚絵が出たのは安政四年（1857）、おとよ十八歳となっている。安政元年に十四歳だったとしたら、安政四年には十七歳である。

一枚絵が出た安政四年十一月には、おとよは既に実家の山本屋にいなかった。

おとよを手活けの花にしたのは、老中阿部伊勢守正弘である。

福山十万石の藩主、阿部正弘は天保十四年（１８４３）閏九月十一日に二十五歳で老中になった。天保改革の水野忠邦が失脚した後で、外国船の来航が相次ぎ、国情不安の最中である。

正弘は、これまでの幕府専制の政治体制を改め、合議制とし、国内意見の統一を目指した。鳶魚によると、

「阿部閣老は評判のいい人で、落首にさへ褒めたのがありますが、これは苛酷であった水野越前守の後を承けて、人気取りの匙加減で一時を瞞着《まんちゃく》したのではない。寛猛の間を通るだけの政治が施せる人物だったらしいのです。大奥との関係も巧妙を極めたもので、後宮の権威と知られた上臈姉小路《じょうろうあねこうじ》とも、適当に連絡が取られておりましたから、阿部内閣は決して背面の攻撃を受けませんでした。奥女中等はいっせいに阿部に傾倒しておりましたが、それには彼の美貌が甚だ好都合であったと思われます」

阿部正弘は美男だったのである。しかも、大変女好きだったらしく、鳶魚が引用している安政三年の「ちょぼくれ」の一部をまた引きさせてもらうと、

「端反りの裏金、立派にかむって、仮宅めぐりは、妾の目立か、あきれたことだよ、人の口には戸がたてられねぇ」

これには、「端反りの裏金、執権阿部勢州どの、悪説あり」という注が付いているそうで、「はぞり」とは陣笠の端が反っていることで、その陣笠の裏は金塗りだというのである。普通の陣笠の裏は朱塗りで、裏金の陣笠は幕府の高官に限られていたという。

仮宅というのは、前年の安政二年の大震災で潰滅した吉原の娼家が、深川で仮宅営業をしていることで、そこへ阿部正弘が行ったというのだ。

事実か、どうかはわからないが、正弘にはそういう噂を立てられるような素地もあったようだ。

阿部正弘は、安政四年（1857）六月十七日に卒去した。享年、三十九歳。

正弘の病気について、種々の噂が流れた。桜餅屋の娘のおとよが阿部家の奥へ入仕して間もないことでもあり、若い娘を寵愛するあまり精力を消耗し過ぎたのではないか、と専らの評判だった。

吉原の仮宅は、『武江年表』を見ると、安政の大地震があったのは安政二年の十月二日で、その年の十二月から五百日間ということで幕府の免許が下りた、とある。

安政三年の初め頃までは、阿部正弘は元気だったようだが、急激に体調を崩し、みるみるうちに痩せ細っていった。

三田村鳶魚の『御殿中女中の話』の中の「烈公の女寵講和」のところに、水戸の徳川斉昭が側用人の安島弥次郎に宛てた安政四年閏五月三日付の書面が出ているが、面白いので次に挙げる。

「昨日中納言（斉昭の長男で、水戸藩主の徳川慶篤）咄ニテ聞候へバ、勢州（阿部伊勢守正弘）モ実ニヤセ衰へ、中納言ニテ二月引候以前見候トハ相違ニテ、夜中ニテハ指向咄モイヤナ位、絵ニカケル幽霊ノ如ク、居立モ六ヶ敷ヨシ故、同人医師ハ福岡縁故、是ヨリモ承セ、又清事ハ三沢別懇ノヨシ故、此者ヲモ中納言ニ遣シ、三沢ニ承セ候処、三沢モ甚心配ノヨシ申聞候ヨシ、常ニ夏ニ相成候へバ下痢致候ガ、クセノ由ニ候処、万々唯今ノ姿ノ処ニテ、下痢来リ候ハバ大変ノヨシ申聞候ヨシ、今朝我等心付ニ牛酪可然ト心付候、只今清、三沢ヨリ帰リテノ申聞ニハ、牛酪モ今日ヨリ用候ヨシニテ、我等今朝心付候処用候ト承リ候テハ、先々安心致候、薬ハ手医伊沢磐安ノヨシ、養脾湯（証治準縄）即六君子（砂仁麦芽神曲山査）ノヨシ、中納言咄ニテハ御城坊主杯ハ十五ノ新妻（向島桜餅の娘）出来候故云々、酒モ登城前ヨリ二升位ヅツ用候ヨシ云々申候ヨシノ処、御役モ勤候程ノ人、左様ノ事モ有之間敷ト我等申候処、今清ノ咄聞候へバ、酒モ一切不用、養生専一ニ致シ候トノ事ニ候へバ、新妾トテモ命ニカヘテ云々致共、外へ三千寵愛有之トモ交リノ数サへ定メ置候へバ、身ニ障リ可申筈モ無之、全ク右等ハ人ノ悪口ト存候へ共、衰へ候儀ハ無相違候」

ここに出てくる人名については、鳶魚は何も書いていないので、調べてみないとわからないが、斉昭のいっていることはだいたい理解出来る。「十五の新妻」とあるのが、おとよのことで、十五とあるが、天保十一年生まれのおとよは、安政四年には十八歳になっている。

いかにも、漁色家で名高い烈公らしい書翰で、思わず笑ってしまうところもある。

阿部正弘はこの約一ヶ月後の六月十七日に不帰の人となるのだが、鳶魚も正弘の死因を腎虚としているようだ。この後に続けて、

「この阿部正弘は腎虚して死んだとも云われて居りまして、今の烈公の手紙で見ても、どうもそうらしく思われます」

と書いている。

随分前の話で、雑誌名も著者名も覚えていないが、医療関係の雑誌で、ある医師が、阿部正弘の死は、伝えられている病状からすると、明らかに癌である、と書いているのを読んだ記憶がある。

確か、胃癌といっていたような気がする。二升からの酒を毎日飲んでいたとすると、胃癌になってもおかしくない。

阿部正弘は政治家として有為な人物だったという評価が高い。

彼が若くして死んだことにより、幕府の崩壊が早まったという人も多い。

第三章　桜餅屋の娘(三)　その他の娘達

おとよのその後について――

阿部正弘が死んだ後も、おとよは福山藩邸の奥に住んでいたが、維新後、向島の実家に戻ってきた。四十二、三の頃というから、明治十二、三年頃と思われる。(というのは、鳶魚の計算違いで、明治十四、五年としないとおかしい)

内縁の夫と共に長命寺の裏門脇に二階建ての家を建てて、桜酢を始めたという。

おとよには娘が一人あったが、その娘が伝染病に罹って、隔離病院に入れられると聞いて倒れ、大正三年九月十九日に、おとよは七十五歳で亡くなったという。

以上、おとよの死で三田村鳶魚の『桜餅』は終わっている。

山本屋の美人娘は此のおとよだけと思っていたところ、思いがけない記事を見つけた。

篠田鑛造の『幕末明治女百話』の中である。「岩亀の鑑札娼《しょう》妓《ぎ》の朝帰り」という項があるが、この岩亀とは横浜の有名な妓楼、岩亀楼のことである。

東海道の品川宿には、勤皇の志士達が盛んに遊んだ土蔵相模とか、島崎楼とかいった、表向きは旅籠屋だが、売女を抱えた遊女屋が軒を並べていたが、その中に岩槻屋という店があった。

安政五年（1858）、日米修好通商条約締結翌年、横浜港が開港され、さらにその翌年の万延元年（1860）、横浜の太田新田の埋立地に外人相手の遊廓が出来た時、そこへ岩槻屋が出店を出したが、それが岩亀楼である。

品川の岩槻屋に喜遊という娼妓がいた。

喜遊は岩亀楼が出来ると、そちらへ移っていった。

岩亀楼を有名にしたのはこの喜遊である。

喜遊はどうしても異人に馴めず、

「露をだにいとう倭《やまと》の女郎花
　　ふるアメリカに袖はぬらさじ」

という辞世を残して、自ら命を断った。

時に喜遊十七歳、文久二年（1862）のことという。

喜遊については、江戸深川の医師、太田正庵の娘で、嘉永六年（1853）、十五歳の時に新吉原甲子屋に売られ、〝子の日〟という名で遊女に出たが、その後、横浜の岩亀楼に移った（『温古見聞彙纂』）ともいわれている。

これが正しいとすると、文久二年には喜遊は二十四歳になっている。

また、「露をだに——」の辞世は、吉原松葉屋の遊女花岡の作ともいう。

要するに、喜遊に関する話の真偽は不明で、喜遊という遊女がいたことは確からしいが、朝倉無声氏によると、実はこれは大橋訥庵が、勤皇の志士の志気を鼓舞するために創作した話で、訥庵自身から、そのことを聞いたという者がいたそうだ。

確かに、そういわれてみると、辞世と云い、出来過ぎた話ではある。

大橋訥庵は勤皇の儒者で、坂下事件の計画を立てたのは大橋訥庵だという。

坂下事件とは、井伊直弼の遺志を継いで公武合体のため和宮の降嫁を実現させた老中安藤信正を、水戸の浪士達が坂下門外で襲って傷を負わせた事件である。

文久二年正月十五日のことである。

しかし、大橋訥庵は、宇都宮藩士等の一橋慶喜を擁立して義兵を挙げる計画を援助して、その上書を一橋家の近習に取り次ぎを依頼したことが発覚して、坂下事件の三日前に逮捕投獄された。

同年七月に獄中で発熱、宇都宮藩に預けられたが、七月十二日に病死した。一説には毒殺されたともいう。享年、四十七歳。

話を岩亀楼に戻すが、岩亀楼があったのは今の関内の辺りで、楼内に日光の朱塗りの橋が拵えてあり、異人が珍しがって、よく遊びにいったという。一人分、二朱と五百の見物料を取って見せたが、一両出すと、同楼一番の大広間の「扇の間」へ通して立派な茶菓子を出した。横浜見物で岩亀楼を見ないと、見物甲斐がないといわれる程だった。

扇の間というのは、襖から何から何まで、すべて扇の絵で、窓の形まで扇型で、その綺麗さは目を驚かすばかりだった。他にも、竹の間、鶴の間、松の間といろいろあったが、竹の間は竹、鶴の間は鶴、松の間は松の絵がそれぞれ描いてあった。喜遊が自害したのは松の間だった、という。

以下の引用文はいずれも『幕末明治女百話』の「岩亀の鑑札娼妓の朝帰り」からのものである。

「この岩亀の娼妓は、大抵、西洋人の相手が多く、その向うの内意も含んでいましたが、岩亀楼へ出向かれない、身分のある異人のためには、同楼から娼妓を、異人館へ駕篭で送り込んだもので、ソレは毎晩のように御用があったんですから、吉原では「男の朝帰り」が目立ちますが、横浜ではアベコベに、異人館から「娼妓の朝帰り」があったんです。この異人館行に二通りありまして、月極めの女と、一夜妻の女とありまして、月極めは普通の扮担《なり》で、ラシャメンみたいなものですが、一夜妻の方は、やはり仕掛《しかけ》を着て、花簪をさし、花魁《おいらん》風で出かけました（以下略）」

「岩亀楼では、異人館通いを特権《ひとりじめ》としてしまいました。岩亀楼からでないと、異人さんのとこへは行かれないんですから、果ては鑑札を出して、鑑札料を取ったんです。これで同楼はうまい汁を吸っていました。ソレが同楼の娼妓ばかりでなく、素人の娘でも、金になりますから、異人の妾を望むものがありますと、表面は同楼の娼妓となって、鑑札を貰って行くんで、みんな相当の金子を、同楼へ納めました」

「向島の桜餅のおちょうさんと、妹のおきんさんが、オランダ公使館に引き取られ、おちょうさんが公使、おきんさんが書記官の愛妾となったことは、有名な話なんですが、日本の素人娘が、異人のお妾となったのは、これが嚆矢《こうし》だということです。ですから、外国奉行の水野筑後守へ願い出たところ、奉行所でも先例がないんでしょう。お役人のうちでは、恐しくお憤りになって、日本の女の面汚しだ、斬って棄てるという頑固な役人もあったんですが、トドの結局《つまり》岩亀楼の娼妓としたら、すでに娼妓は出入りしているんだからよいということになって、例の鑑札で公使館へ入ったんです。横浜本町の塗物屋の娘おこうさんも、この縁で米国領事の妾となったんです」

向島の桜餅といえば山本屋だが、その山本屋の二人の娘、おちょう、おきんの姉妹が、オランダ公使と書記官の妾になった、というのである。

いつ頃の話なのか、と考えると、カギは外国奉行の水野筑後守である。

水野筑後守忠徳は、二度にわたって外国奉行を務めている。

最初は、安政五年（1858）七月に新設の外国奉行に就任したが、翌六年七月に起きたロシヤ士官暗殺事件の処置のまずさから軍艦奉行に遷任。二度目は、文久元年（1861）五月に外国奉行に再任。翌二年七月、函館奉行となるまでの二回である。

岩亀楼の出来たのが万延元年（1860）であるから、当然、再任の文久元年五月から、翌二年七月までの一年二ヶ月の間のこととなる。

喜遊の事件は文久二年のことというが、実際にあったとしても、何月にあったのか、はっきりしないので、はたして水野忠徳の再任中の出来事だったか、どうかわからない。

おちょう、おきんの姉妹が、オランダ公使館の妾になったのを、仮に文久元年とすると、阿部正弘の思い者になった、おとよは二十三歳になっている。山本屋三代目の新六はおとよの弟であるから、まだ二十歳そこそこで、妾奉公にあがる程の子供のあるはずがない。

おちょう、おきんの年齢は不明だが、少なくとも十五歳にはなっていると思われる。とすると、山本屋二代目の金五郎には、おとよ、新六の他に、おちょう、おきんという二人の娘があったことになる。つまり、二人の姉妹は、おとよ、新六の妹ということである。

岩亀楼は、慶応二年（1866）十月二十日の朝、土堤道《どてみち》の豚切売業鉄五郎方から出火した、俗に「豚屋火事」といわれる大火事で、焼失した。この火災で関内一帯は焼け野原となり、岩亀楼の他、神風楼、金石楼、岩里楼などの大妓楼もすべて焼けてしまった。

おちょう、おきん姉妹のことを調べていたところ、さらに次のような記事を見つけた。昭和元年に出た『漫談明治初年』の中の田中智学という僧籍の師の談話であるが、桜餅屋の娘、お花のことが出ている。

お花は、長命寺境内の藁葺の二階屋、長命寺桜餅の娘となっているので、山本屋の娘に間違いない。談話の表現を借りると、お花は非常な美人で、昔の笠森お仙のように一枚絵が出る程の騒ぎだった。背のスラリとした、品のよい美人だった、という。

山本屋の娘だとすると、三代目の新六の娘である。新六が仮に二十歳位で結婚して、すぐ娘が出来たとしても、その娘が十五、六歳の年頃になるのは明治十年以降になる。したがって、お花が美人と評判になったのは、その頃のことである。

明治新政府の中枢である三条、岩倉のお歴々がオランダ公使と共に、向島の花見に出かけて、長命寺の桜餅で休憩したが、その時、オランダ公使がお花を見初めたのである。

その後、オランダ公使はお花のことが忘れられず、仕事も手につかない状態になってしまった。日本の外交当局者はその様子に気がついて、いろいろ聞いてみたところ、事情がわかり、何しろ維新前から日本の為に種々尽力してくれた、オランダの公使のことでもあり、何とか願いを叶えてやりたいと、内々に人を遣って、お花をオランダ公使の嫁にやってくれないか、と頼み込んだ。

　山本屋は苗字を小山といったようだ。

　お花の父親の小山は、政府の高官達から、御国の為だから、と頼まれて、当人に話してみたが、当時はまだ、異人といえば、取って喰われる、と信じていた時代で、お花は身慄いして、いくら公使さんが立派な方でも、異人さんはイヤ、と首を横にふるばかり。

　ダメという返事を聞いて、公使はすっかり塞ぎ込んでしまった。そうなると、外交上の微細な打ち合わせに支障が出てくる。何か相談にいっても以前のように話がすぐまとまらない状況になってしまった。

　三条はじめ大官達はおおいに困ってしまい、結局、もう一度、よく事情を話して、お花を納得させようということになって、再度使いを小山家へ遣わした。使いから話を聞いた小山は、再び娘を、異人は嫌いでもあろうが、これも日本の為、皇国《みくに》の為だと思って承知してくれ、と説得した。

　この時、お花は初めて覚悟を決めて、妾《わたし》のような者でも皇国の為になるというのなら、どんないやなことも決して厭いません、といったという。以下、次のようにある。

「公使の喜びは察すべしで、其後は、いよいよ日本の為になる様に働いてくれたが、此人は確か其後日本で死没した。お花さんは、寺島村に隠居の身となって住って居た。丁度、例の喜遊と裏表ながら、ここにもやはり一人の犠牲者があったわけである」

おちょう、おきん姉妹のことを調べているうちに、このお花の話が出て来た。オランダ公使が両方に出てくるので、初めは同じ話ではないか、と思っていたが、どうやら全く別の話のようだ。今のところ、ここに挙げた本以外、これらの話の出ている本に行き当たらない。機会があったら、山本屋で確かめてみたいと思っている。

＊＊〔追補〕

昭和の初め頃に出た『江戸文化』という雑誌に、「山谷堀の思ひ出」と題した大槻如電夫人の談話が出ているが、その中に、

「桜餅屋にお栄、おとよという姉妹がいて、姉のお栄は立派で取り持ち上手だったが、人に縁付いたので、妹のおとよが跡に直った。そのおとよは柳沢家に上がり云々」

とある。このおとよが阿部正弘の囲い者となったおとよと同一人であるか、どうかである。おとよは天保十一年生まれ、如電夫人は嘉永五年生まれであるから、十二歳違いである。年代的には少しずれがあるが、その間におとよという同じような同名異人の娘がいたとは考えにくい。あるいは、如電夫人が、阿部家と柳沢家をとり違えた噂を耳にしていた

ものか。

　また、三田村鳶魚は長命寺桜餅の二代目、金五郎には男女二人の子があり、姉がおとよ、弟が新六としていて、おとよにお栄という姉がいたとは書いていない。

　桜餅屋の娘についての話を目につくままに拾って書いてきたが、向島は桜の名所であり、山本屋以外にも桜餅屋があったようなので、それらの店の娘の話も混じってしまっているかもしれない。

第四章　九鬼周造の随筆(一)　小伝

『いきの構造』を書いた哲学者、九鬼周造は、男爵九鬼隆一の四男として明治二十一年二月十五日に、東京の芝で生まれた。

周造の父の九鬼隆一は、明治政府の高官で、特に美術行政に大きな足跡を残した人物として知られているが、周造が生まれた時はまだ男爵になっていない。男爵になったのは周造が八歳の時という。

隆一の妻のはつが周造を身籠った時、隆一は駐米全権公使としてワシントンに駐在していた。

隆一は、はつを日本で出産させるため、岡倉天心に頼んで、天心と同じ船で帰国させた。

その天心について周造の随筆『岡倉覚三氏の思出』に、次のようにある。覚三とは、天心の本名である。

「私が八、九歳で小学校の一、二年の頃、父は麹町の三年町に住んでいたが、母は兄と私を連れて下谷の中根岸の御行の松の近所に別居していた。そのころ岡倉氏の家は上根岸にあったがよく母を訪ねて来られた。上野の美術学校の校長の時代である。当時、母は凡そ三十六、七歳で岡倉氏よりは一つ二つ年上だった筈だ」

また、『根岸』という随筆にも、同様の記述があり、続けて、

「父が米国で公使をしている時に岡倉氏に托して母を先に日本へ帰らせた。母と岡倉氏とはそれ以来の親しい間柄である」

と出ている。

天心が東京美術学校の校長になったのは、明治二十三年である。

はつと天心は、やがて恋に陥り、大きなスキャンダルとなる。

はつは離縁となり、天心も明治三十一年、美術学校での排斥運動により、校長の職を退く。

はつとのスキャンダルが、それにどれ程影響していたのかは知らない。

隆一は天心について、

「父は岡倉氏に関して、公には非常に役に立ってもらった人だが、家庭的には大変迷惑をかけられたという風に云っていた」（『岡倉覚三氏の思出』）

と周造は書いている。

後先になったが、周造の母のはつは、京都の花柳界にいた女性で、それを隆一が引かせ

て妻としたのである。

はつはさまざまな面で、周造に大きな影響を与えたようだ。

大正の末頃、留学先のパリで詠んだ短歌に、

母うへのめでたまひつる白茶いろ
流行《はやり》と聞くも憎からぬかな

というのがある。周造は『いきの構造』の中で、いきな色として白茶いろを挙げている。

彼の書いたものには、時折、母の影が見え隠れするようだ。

天心について詳しく触れている間はないが、明治三十七年にボストン美術館の顧問として渡米、翌年、同館の東洋部長に就任、日米間を頻繁に往来する。明治四十三年、天心は帝大の講師となり、東洋美術史を講義することになる。

周造は明治四十二年に帝大の哲学科に入学して、当時、帝大に在学していた。

たまたま、校内で、天心と出会ったことがあった。周造が天心に会うのは十年ぶりだったが、すぐに天心とわかった。しかし、子供の頃の周造しか知らない天心には周造のこと

はわからなかったようだ。周造は下を向いたまま、お辞儀もしないで、天心と行き違った。

それについて、周造は、

「私がいったいひっこみ思案だからでもあるが、母を悲惨な運命に陥れた人という念もあって氏に対しては複雑な感情を有っていたからでもある」

「岡倉氏が非凡な人であること、東洋美術史の講義も極めて優れたものであることはきいていたが、私は私的な感情に支配されて遂に一度も聴かなかったのは今から思えば残念でならない。西洋にいる間に、私は岡倉氏の『茶の本』だの『東洋の理想』を原文で読んで深く感激した。そうして度々西洋人への贈物にもした。やがて、私の父も死に母も死んだ。今では私は岡倉氏に対して殆ど、まじり気のない尊敬の念だけを有っている」（以上、『岡倉覚三氏の思出』）

これに続いて、五浦在住時代の天心から隆一に当てた書簡が出ていて、それについて、

「家庭上複雑な関係があったにも拘らず、父と岡倉氏とが終始親交を続けていたことを如実に語っている点に私は喜びを感じている」

と周造はいっている。

はつとの不倫騒動があった後も、隆一と天心との付き合いは、喧嘩別れすることもな

く、ずっと続いていたようだ。

後年の美術行政のやり方をみると、隆一という人は、強引頑固で柔軟性に欠ける性格のように見受けられるが、こうした天心との関係からみると、案外、懐の広い、大きい人物だったのかもしれない。

大正元年に、周造は帝大を卒業して、大学院へ進む。

大正七年、周造は次兄一造の未亡人、九鬼縫子と結婚する。時に、三十一歳。

周造の女性関係については、旧制高校から大学まで一緒だった親友の岩下壮一の妹とのことが知られている。

熱烈に恋して結婚まで考えたというが、後にカトリックの神学者となった兄の壮一同様、信仰心の厚い彼女は修道院に入ってしまい、周造の恋は終わった。

大正十年から、周造は足掛け八年に及ぶ西欧留学へ旅立つ。

大正十一年から、ハイデルベルク大学でリッケルトに学ぶ。

大正十三年秋にパリへ移り、約三年間滞在。

大正十四年、短歌集『巴里小曲』などを『明星』に発表する。

大正十五年（昭和元年）、詩集『巴里心景』などを『明星』に発表。

昭和二年、四月よりフライブルク大学でフッサール、オスカー・ベッカーに学ぶ。十一月にマールブルグ大学に移り、ハイデッガーに学ぶ。

昭和三年、六月にパリへ帰り、この年の暮にアメリカ経由で帰国の途につく。その間、パリでベルクソンを訪問。

昭和四年、帰国した周造は西田幾多郎の招きにより、京大哲学科の講師となる。

昭和五年に主著『いきの構造』を刊行。

昭和六年、八月に父隆一が逝去。享年、八十歳。次いで、十一月に母はつが他界。享年、七十二歳。

昭和八年、京大助教授となる。周造、四十七歳。

昭和十年、京大教授となる。周造、四十九歳。

九鬼周造は、昭和十六年に、がんのため死去。五十四歳だった。（年齢はいずれも数え歳とした）

周造は結婚生活では九鬼縫子とはうまくいかずに離婚。後に祇園の芸妓、中西きくえを入れて伴侶とした。

九鬼周造には、京大での講義の時に微醺《びくん》を帯びて教壇に立った、という伝説めいた話が伝わっている。

今そんなことをしたら大変である。たちまち糾弾され、首になりかねないだろう。

本当だとしたら、時代がよかったのか、或いは京大というところは細かいことに拘らない大らかで自由な校風だったのか。

『いきの構造』については、『ダンデイズム東西』のところでとりあげて書いたが、読んでみると、周造の広範囲にわたる江戸に関する造詣の深さに驚かされる。

邦楽についても、ただ知識として持っているだけでなく、自身でも何か邦楽を実際に習っていたに違いない、そう思って気をつけて見ていたら、次のような短歌を見つけた。

大正十四年、『明星』に発表した短歌集『巴里小曲』の中の「ノクターン」と題した短歌のうちの一首である。先に挙げた「母うへのめでたまひつる――」の歌もここに出ている。

ふるさとのしんむらさきの節恋し
　かの歌沢の師匠も恋し

同じくパリでの詠草を集めた『巴里心景』（短歌集。同名の詩集もある）に、

「うす墨」のかの節廻し如何なりけん

東より来て年経たるかな

「しんむらさき」、「うす墨」共に、歌沢節の曲名である。

これらの歌から、他の邦楽を習ったこともあったかもしれないが、少なくとも歌沢を師匠について稽古していたことがわかる。

歌沢節は最近はあまり耳にしなくなったが、幕末から明治、大正、昭和の初めにかけて、大変に流行った音曲である。

九鬼周造の話から少し脇道へ逸れることになるが、たまたま歌沢節が出てきたので、次章は、その歌沢節について――

第五章　九鬼周造の随筆(二)　歌沢節

歌沢節は端唄から出たものである。

そもそも短い唄を端唄とか、小唄というのだが、今使われているような邦楽の一ジャンルとしてそれを説明するのは難しい。前に長唄について書いたことがあったが、長唄ももともとは長い唄という意味で使われていたものが、邦楽の一ジャンル名になったのと同じで、言葉は同一でも意味は全然違っている。江戸時代の端唄、小唄は、短い流行り唄と考えていいだろう。

その端唄について、『守貞漫稿』に、

「端唄　はうたと訓ず時々変化流布する小唄の類を云惣名長唄に対する名目歟　嘉永の頃より歌沢某なる者初めて師匠となり一家をなし種々の小唄を三絃とともに教授す是亦浄瑠璃の類と同じ名取と云て免許を受たる門人出来り江戸諸所に歌沢某と云う表札を掛けて稽古所を構ふ此行嘉永以前更に無之是亦今世一種遊民の業となる」

とある。

幕末（天保の終わり以後　1844～　）、本所割下水に笹本彦太郎という旗本の隠居が住んでいた。

彦太郎は俗名を金平、寉賀と号したという。

本所の割下水というのは南北あって、今は両方とも埋め立てられてないが、北の割下水というのは今の春日通りに当たり、南の方は両国の江戸博物館の前から東に伸びる北斎通りがそれである。

ただ割下水といった時は南割下水を指し、北の場合は必ず北をつけて北の割下水と呼んだという。

彦太郎というのは笹本家代々の名で、金平は隠居して笹丸と名乗ったというが、その他にも隠居する前は金十郎といったと書いてある本もある。

以下は『伝衢事記《でんくじき》』という本の記述によるが、

――金平は老娼妓二人を妾として暮らしていた。端唄が好きで江戸中の端唄上手を聞いて廻り、その者達を自宅に招いて馳走をしたりして隠居生活を楽しんでいたが、少しもおごりがましいところがなかったので、金平の隠居所に出入りする者は数十人に及んだ。声が自慢の端唄好きの連中ばかりで、興に乗って深更に及ぶと、金平は彼等を泊めてやり、翌朝、歯みがき一袋、楊子一本（歯ブラシ）、湯銭一人前分を渡し、朝食を振る舞った。その朝食の時、それぞれの名を書いた紙の箸入れを渡した。食事の後、その箸入れを台所の箸さしに並べて差しておくので、後日来た者がその箸さしの名前を見て、あいつも来たのか、こいつも来たのか、とこの家に自分の名を書いた箸入れがあるのを、端唄自慢の連中は栄誉にした、という。

やがて彼等は金平を盛り立てて歌沢節の始祖とした。即ち、歌沢笹丸である。

金平には自分が家元になろうなどという気は更になかったようなのだが、公の認可を得る手続きの都合上、家元として届け出たという。安政四年（1857）、大和掾という掾号が下り、金平は歌沢大和掾となったが、すぐ家元を平虎といわれた畳屋の寅右衛門に譲り、その年に死んだ。享年、六十一歳。『伝衢事記』には、金平は金十郎となっていて、金十郎は役職にある時の名、と割注がある。

十九世紀初頭の文化、文政の頃から端唄、俗曲などが盛んになり流行した。都々逸が出来たのもこの頃である。

水野越前の天保の改革の後も端唄ブームで、××連と称する端唄愛好者のグループが多数あったが、その中でも歌沢節のグループが一番だったといわれている。

そのメンバーというのは、いわずと知れた笹本の隠居所に出入りの連中で、主だった者には歌沢節の二代目家元となった平虎の畳屋寅右衛門の他、御家人の柴田金吉、は組の火消しの辻音、同じく稲荷の滝、木挽町の船宿の息子の吉川の藤七、い組の火消しの蛇の茂兵衛等、いずれも江戸で端唄の上手として知られた面々だった。

この内、柴田金吉（金之丞とする書もある）の通称芝金は、平虎が二代目家元となると、別れて哥沢芝金と名乗り、文久二年（１８６２）に土佐掾を受領して哥沢土佐掾となった。

芝金は「歌沢」ではなく「哥沢」と称したので、双方を総称する時には「うた沢」というようになり、それぞれの家元の名をとって、寅右衛門の方を寅派、芝金の方を芝派と呼ぶようになった。

その他のメンバーのうち、船宿の倅の吉川藤七は後に一中節の太夫、都以中となった。小唄の作曲もあり、「空や久しく」という唄は今でもよく唄われている。

蛇の茂兵衛は明治になって小唄政寿と名乗って芸人の鑑札を受けた。

初代歌沢節の家元笹本彦太郎については、旗本の隠居としか書いていない本が多いので、書き加えておく。

笹本彦太郎は五百俵取りの旗本で、御書院番だった。

御書院番とは御小姓組とともに両御番といって、将軍の親衛隊ともいうべき役柄で、家柄の良い武士しかなれなかった。

笹本家では、当主は代々彦太郎を名乗ったようで、金平の父の彦太郎は西丸の御目付を務めていた。

金平の彦太郎が家督を譲って隠居したのは天保十一年（1840）で、次代の彦太郎は嘉永三年（1850）十二月に御番入りして、西丸御書院番を命じられている。

この新彦太郎は養子で、実父は大番を務めていた戸田大次郎とある。

禄高五百俵といえば、決して大身の旗本とはいえない。

五百俵というのは所謂《いわゆる》俵とりで、石高に直すと、大体一俵一石と換算して五百石取りの知行取りと同じと考えていいだろう。

その旗本の隠居が、二人の妾を持って、大勢の連中を毎晩のように自宅へ呼んで馳走する程の余裕があるとは思えない。

もしかしたら、旗本の株を自分の老後の保証を条件に売ったのかもしれない。

つまり、新彦太郎は、侍になりたい裕福な町人の悴か何かで、金平の彦太郎は自分の老後を保証してくれる約束で、彼を戸田大次郎の息子ということにして養子にしたのではないか、ということである。

これらは推測だが、金平の優雅な隠居生活には何か裏がなければ、とても五百俵という禄高だけで出来ることではない。

笹本家は本所緑町に五百五十坪の屋敷を与えられている。

緑町の北側は武家屋敷になっていたとあるから、その一部は南割下水に接していたと思われる。

金平は南割下水に住んでいたというが、金平の隠居所は笹本の屋敷の外にあったわけではなく、屋敷内の一隅にあったのだろう。

九鬼周造が誰から歌沢節を習ったのか、調べればわかることかもしれないが、大体の想像はつく。

周造の家の環境からみて、一流の師匠についたに違いない。

また、その時期は、学生時代の明治の末年から洋行する大正十年までの間と考えられる。

周造は、短歌の中で「歌沢」といっているので、そのまま受けとれば寅派の師匠についていたことになる。

しかし、一般的な「うた沢」のつもりで、そう書いたとすれば、芝派の師匠だった可能性もある。

そこで、派にとらわれず、以上に該当しそうな師匠を捜すと、次の三名になる。

寅派ならば、明治三十八年に家元を襲名した三代目歌沢寅右衛門、芝派ならば、明治四十一年に四代目を相続した哥沢芝金か、あるいは、その姉の芝勢以。

明治から大正にかけて、盛んだったのは芝派の方で、寅派の方は二代目寅右衛門が一時その活動を止めていたこともあって、芝派に遅れをとっていた。

そう考えると、普通には芝派のうた沢を習ったと思われるのだが、「歌沢の師匠も恋し」という文句から、ただ過ぎし日を懐しがっているだけでなく、妙に艶っぽい女性を想像してしまう。

三代目寅右衛門については、よくは知らないのだが、美和といった二代目（三代目の母）は大変な美人だったというから、三代目も美人だったと思われ、何か周造が短歌に詠んだ歌沢の師匠は三代目寅右衛門ではなかったかという気がしないでもない。

周造が短歌の中に挙げている「しんむらさき」、「うす墨」という曲名は芝派、寅派双方にあるので、そのことから彼が何派の師についたのかはわからない。

うた沢節は端唄から出たもの、とこの章の冒頭に書いた。

初期の頃は、普通の端唄とそれ程唄い方に大きな違いはなかったと思われるのだが、今では聞けばすぐわかる程違っている。

テンポがゆっくりで、息を長く、節を細かに唄うのがうた沢節の特徴である。

三味線はあしらいで、唄が主の音曲である。

第六章　九鬼周造の随筆(三)　煩悩の色

九鬼周造には、哲学の論文以外に、随筆や詩、また前稿に挙げたように短歌の作もある。

個人的な好みでいうと、短歌はいいが、詩はあまり好きではない。好みの問題だから別に理由など要らないのだが、強いていえば、短歌には、周造の哲学者としての表の顔の知とは対称的な情の面が、もちろん全部が全部ではないが、素直に出ていて共感を覚える。しかし、詩はそれと比較して、饒舌で理屈っぽく、あまり好きになれない。

彼の短歌集から、いくつか挙げると、

世に反く癖を見つめてさびしくも
　つむじまがりが笑ふ一時

書棚《ふみだな》の認識論を手にとりて

いつしか積みし塵を払ひぬ

灰色の抽象の世に住まんには
濃きに過ぎたる煩悩の色

範疇にとらへがたかる己が身を
我となげきて経つる幾とせ

現実のかをりのゆえに直観の
哲学を善しと云ふは誰が子ぞ

「悪の華」と「実践理性批判」とが
せせら笑へり肩をならべて

時にまたヅアラトゥストラの教へたる
のどけき笑ひ内よりぞ湧く

――以上七首は『巴里小曲』の「スケルツォ」の中から、哲学的な歌を撰んだ。

若盛りもえつつ匂ふ恋をせし
　その日を今日になす身ともがな

加特力《カトリック》の尼となりにし恋人も
　年へだたりぬ今いかならん

――同じく「セレナード」の中の二首だが、後の歌は修道院に入ってしまった初恋の人、親友の山下壮一の妹のことを詠んだものである。

別な『巴里心景』という歌集から四首。

老いたまふ父を夢みし寝ざめより
　旅の枕のぬるる初秋

とぼとぼとわが辿る道ひとすぢの
　真理に喘ぐ心は寂し

ドン・ジュアンの血の幾しづく身のうちに
　流るることを恥かしとせず

かぎりなき矛盾のなかに悩みつつ
　死ぬ日の鐘や哀しからまし

これらの中の「灰色の抽象の中に住まんには濃きに過ぎたる煩悩の色」という歌は、九鬼周造について書かれたものには大抵載っている。歌の巧拙は別にして、彼の心の奥が覗いてみえるからかもしれない。

九鬼周造を評して、文学的哲学者といった人がいるが、彼は冷徹な哲学者たりえず、生涯、知と情の葛藤に悩んでいたようにみえる。それだけ感情が豊かだったのだろう。

周造に『小唄のレコード』という随筆がある。四百字詰めの原稿用紙で三枚程の短文だが、今まで目を通した彼の随筆集にはどれにも載っていた。彼の随筆の代表作とはいえないが、哲学者でありながら、また情の人でもあった九鬼周造の一面がよく出ている作品である。

その『小唄のレコード』の初めに、

「林芙美子女史が北京の旅の帰りに京都へ寄った。秋の夜だった」

とある。林芙美子は作家で、『放浪記』や『浮雲』の著者である。彼女は、ドイツ文学者の成瀬無極と同道して、周造宅を訪れた。

この訪問を昭和十六年のこととした本を見たが、九鬼周造はその年の五月に亡くなっているので、十六年の秋であるはずがない。

『小唄のレコード』の、その後に続いて、

「(林芙美子は) 日本の対支外交や排日問題などについて意見を述べたり、英米の対支文化事業や支那女性の現代的覚醒を驚嘆していた」

とあるので、日支事変の後であることは間違いない。しかも、排日問題などとあるところを見ると、事変勃発直後というより、もう少し後のことのようだ。

この『小唄のレコード』の執筆時期は不明となっているが、以上のことからすると、林芙美子が周造宅を訪ねたのは昭和十四、五年頃の秋のことで、筆を起こしたのはその後になるから、周造の最晩年の作といってよさそうだ。

その時のことである。

林芙美子が何かの拍子に小唄が好きだといったので、小唄のレコードをかけて三人で聴いた、とある。もちろん、当時はまだ、ＣＤやＬＰもない、ＳＰ盤の時代である。

以下は、原文を引用させてもらう。


「小唄を聴いていると、なんにもどうでも構わないという気になってしまう」

と女史（林芙美子）がいった。私（周造）はその言葉に心の底から共鳴して、

「私もほんとうにそのとおりと思う。こういうものを聴くと、なにもどうでもよくなる」

といった。すると無極（成瀬）氏は喜びを満面にあらわして、

「いままで、あなたは、そういうことを言わなかったではないか」

と私に詰《なじ》るようにいった。その瞬間に三人とも一緒に瞼を熱くして三人の目から涙がにじみ出たのを私は感じた。男がつい口に出して言わないことを林さんが正直に言ってくれたのだ。

無極氏は、

「我々がふだん苦にしていることなどは、みんな、つまらないことばかりなのだ」

といって感慨を押え切れないように、立って部屋のうちをぐるぐる歩きだした。林さん

は、黙ってじっと下を向いていた。私はここにいる二人はみな無の深淵の上に壊れやすい仮小屋を建てて住んでいる人間たちなのだと感じた。

私は端唄や小唄を聞くと全人格を根底から震撼するとでもいうような迫力を感じることが多い。（中略）私は端唄や小唄を聴いていると、自分に属して価値あるように思われていたあれだのこれだのを悉く《ことごと》失ってもいささかも惜しくないという気持になる。ただ情感の世界にだけ住みたいという気持になる。

——この昭和十四、五年頃といえば、戦争の足音がヒタヒタと身近に迫っていた時代である。そうした背景を想定しながら、この『小唄のレコード』に書かれた場面を心に思い浮かべると、何ともいえない感慨に打たれる。

三人が聴いた小唄がどういう唄だったのか、わからないのが残念だ。

文中には、それを捜す手がかりらしいことは何も書かれていない。

小唄の流派は今でこそ何十とあるようだが、戦前は数える程しかなかった。

そのレコードといえば、蓼胡蝶とか、春日とよとか、いった人達のものと思われる。

ＳＰの小盤は片面三分位しか入らないが、小唄は短いので片面に二、三曲入っていた。

ＳＰプレーヤーの大きなものは電気蓄音機、通称［電蓄］といった。針は金属製で片面をかける度に交換した。

戦争が激しくなった昭和十八年頃以降は、金属はすべて軍事用に供出となり、レコードの針も竹針となったのを覚えている。

音質も今のＣＤ、ＭＤなどとはもちろん、ＬＰなどよりも比較にならない程悪く、特に針の音がひどかった。

そういう悪条件の中で聴いた小唄に三人は感動したのである。

そのことについて、周造は、

「(小唄を) 肉声で聴く場合には色々の煩わしさが伴ってかえって心の沈潜が妨げられることがあるが、レコードは旋律だけの純粋な領域をつくってくれるのでその中へ魂が丸裸で飛び込むことができる」(『小唄のレコード』)

といっている。

小唄のレコードを聴いて、ただ情感の世界にだけ住みたいという気持になる、と書いている周造は、灰色の知の抽象の世界より、むしろ情の流れに身を任せたいと思っていたのだろう。

九鬼周造は『小唄のレコード』の最後を、誰かの詩の一節かもしれないが、次のようなフランス語で結んでいる。

Avalanche, veux - tu m' emporter dans ta chute?

（雪崩よ、汝が落下の裡に我を連れよかし）

第七章　古曲鑑賞会㈠　別会のプログラム

昨年の八月、永年住み馴れた自宅地にマンションが建つことになり、出来上がるまでの間、近所に仮住まいすることになって引っ越したが、何分、何十年ぶりの引っ越しで荷物の整理が大変だった。

結局、整理がつかないまま引っ越しの期日が来てしまい、何も彼も一緒くたに箱に詰めて新居に運ぶ羽目になってしまった為、どこに何が入っているのか、さっぱりわからずに困っている。今年の夏頃までには新築のマンションの方へ移ることがわかっているだけに、どうせなら多少不自由な思いをしても運んで来た荷物をそのままにしておけば、持って帰る時の手間が省けるのではないか、と決め込んでいるのだが、一番困ったのはメモや資料類の行方で、おかげで原稿を書くのに苦労している。

しかし、引っ越しのせいで嫌な思いばかりしたわけではなく、荷物の整理中に全く忘れていたものが思いがけず出て来たというハプニングもあった。

昭和三十四年二月二十一日に新橋演舞場で催された古典鑑賞会の別会のプログラムもその一つだ。主催は古曲会である。

現在の古曲会が財団法人になったのは昭和三十七年であるから、それ以前の古曲会の時代である。

この別会は古曲会としては画期的な大規模な会で、昼夜二部、各十二番づつ、第一部の十二番のうち、舞踊が八番。第二部十二番では舞踊が七番で、立方は、武原はん、神崎ひで、川口秀子、花柳寿輔、花柳寛（芳次郎）、西川鯉三郎、尾上菊之丞、藤間勘右衛門、藤間友章などの錚々《そうそう》たる師匠連の外、新橋からは、まり千代、小くに、染福、ゆみ、赤坂は時丸、柳橋は津満子、芳町は二郎、浅草は光乃、といった芸妓達が顔を揃えての出演となっている。これらには、古曲会の並々ならぬ意気込みがあったようである。

それについて、プロには「古曲鑑賞会別会開催の趣旨」という文が出ていて、その後に、河竹繁俊、久保田万太郎、町田嘉章、牧野良三、篠原治、吉田幸三郎などの方々の寄稿文が載っている。

いずれも短文ではあるが、古曲や古曲会について重要で興味深いことが書かれている。

こんな五十年近くも昔のプログラムを持っている人も殆んどいないだろうから、以下出来得る限り紹介させてもらうことにする。

まず、最初の「古典鑑賞会別会開催の趣旨」だが、次のように出ている。（要約）

「古典鑑賞会は昭和八年に笹川臨風氏が創始、昭和十六年春までに十六回開催した。戦後笹川氏より田中啓文、篠原治、吉田幸三郎氏が再建を依頼され、昭和二十一年十一月に復活発会し各派の独立の会をつくり、育成の事業と共に二十一回開催したが、昭和三十年に古典鑑賞会を改組し各派を挙って糾合し古典会を設立、古典鑑賞会は演奏会名として二回開催した。合計すると古典鑑賞会の開催回数は三十九回でこの別会は第四十回目に当たる」

と古典会の歴史についての説明があり、続いて、

「古典は如何にも繊細な芸風のため、多く小さな会場で催されるので、多数の方々の鑑賞を願うことが出来ず、限られた鑑賞者のみの世界に置かれていたといえる。多数の新しい鑑賞者を得るためにも大きな会場で開催することは年来の希望だった。昔は古典も大劇場で踊りがついて演じられたものなのだが、芸が進歩して繊細になるにつれて座敷に移り、素浄瑠璃となり渋く難しくなってきたのである。この芸風はあくまで保存すべきであるが、一度昔の舞台に返して昔の如く踊りをつけてみるのも、古典発展のために必要と思っていたので、この別会開催に当たり舞踊をつけた番組を多くしたわけである」

と開催の趣旨を述べている。

最後に、古典会とあって、続いて、都会、菅野会、宇治会（以上、一中節）、十寸見会《ますみかい》（河東節）、千之会、千寿会（以上、宮薗節）、荻江会（荻江節）と七行に各会の名が並ん

でいる。
　現在、古曲と呼んでいるのは、一中節、河東節、宮薗節、荻江節の四流だが、そのことについて、同じプログラムに載っている町田嘉章氏の寄稿文「古曲をもっと日の当る場所へ」に、次のようにある。（全文）
「河東、一中、宮薗、荻江などそれぞれ発生も伝承も異なっている音曲を一まとめにして「古曲」と呼ぶようになったのは大正の終わりから昭和へかけて以後のことで、大正十四年にラジオ放送が開始された当時は、これらの音曲を一般大衆は殆んど知らなかったので、その頃番組の編成のお手伝いをしていた私が便宜上附けたのでした。その当時のことを有り体に申しますと河東や一中を他の長唄や箏曲等とおなじ扱いでプロに組みますと「放送局は何故あんな間のびのした面白くないものを放送するのか」といった攻撃の投書が山積したのです。つまり自分が高度な鑑賞能力がないため理解することが出来ず、放送局を攻撃してきたのです。それでこれからの音曲は一般聴取者が理解する能力が出来るまでは娯楽番組としてではなく、寧《むし》ろ教養番組として一ヶ月に一回位は「古曲の午后」とか「古曲の夕べ」というようなタイトルにして故笹川臨風博士などに簡単な解説をお願いするようにしたものです。しかしその後間も無く「古曲鑑賞会」が結成され、関係者諸氏の異常なる努力により保存ということより、寧ろ積極的に大衆を教育してその芸の妙味を理解させようとする啓蒙運動が着々として進んでいたのは、誠に心強い次第でした。しかしそれも戦争という不祥事のために一時中絶を余儀なくされましたが、戦後は古曲鑑賞会も復活、それが更に古曲会となって総ての点が整備されたのは嬉しい限りです。また放送などの場合にも、もう以前と違って長唄や清元などの種目に伍して宮薗や荻江の名が出ても別に聴取者は苦情を言わなくなったということは大変な進歩で、昔から邦楽ファンと呼ばれる人達の間でも非常な向上が見られている一つの証左だと思っております。

今や古曲は、日蔭の片隅に置かれるべきでなく、堂々と堂々と日の当る所へ出て自己の存在を主張すべき時期に到着したと思います」

古曲と言う名称は町田嘉章氏がつけたと聞いていたが、この文から正にその通りとわかる。文中に出ている笹川臨風氏は、前出の「別会開催の趣旨」にあったように古曲鑑賞会の創始者である。古曲会の歴史について述べている同じ文中に出ている人名のうち、田中啓文氏については全く存じ上げないが、篠原治氏は有名な新橋の菊村さんで、一中節の人間国宝、都一広師でもある。また、吉田幸三郎氏は古曲会の大恩人ともいうべき方で、表立つことを嫌って陰で経済的援助も含めて古曲会のために尽力された。古曲関係者で氏の恩にあずかった者は数知れない。我々は氏を吉田先生と呼んでいたが、先生は目黒の大地主の跡取りだった。先生は今村紫紅等、日本画家の後援もしておられたが、その中に速水御舟もいた。その御舟は先生の家に滞在して画を描いていたのが縁で、先生の妹の弥さんと結婚した。

「御舟はボクの義弟なんだよ」

と先生が私にいわれたことがあったのを思い出す。

先生は裏方に徹しておられたので、人名事典などには載っていないが、西の武智（鉄二）に東の吉田、といわれたこともあったようだ。

町田嘉章氏に続いて、河竹繁俊氏の「国宝的な古曲」と題する文を次に挙げる。

文の前後の半分位は儀礼的な祝詞やお定まりの挨拶なので、その部分は省略する。

「（前略）さてまた、古曲がいかに大切な無形文化財であるかは申すまでもありません。今の世の中にジャズや歌謡曲のように、むやみにワイワイされずとも、江戸時代の音楽の中での古典的価値あるものとして、また現行邦楽の源泉としてこれほど大切なものはないと信じております。これを保存し研究して下さることは、国の文化財――国宝をまもっていただくことに相当します。そうしてこの古曲が保存されていてこそ、新しいよい音楽も生まれてくるのであります。

一例をあげますと、長唄の「勧進帳」がいいたとえです。歌舞伎十八番の「勧進帳」が初演されるときの作曲者杵屋六翁は、一中節の「勧進帳」を大変参考にしたということは広く知れわたっております。わたくしどもが聴きましても、至るところに一中節の「勧進帳」のにおいがいたします。つまり名曲と呼ばれる長唄の「勧進帳」も一中節があったればこそ生まれてきたのでありました。ここに古曲の値打ち、有難味があるではありませんか。ちょうど法隆寺や桂の離宮、その他の国宝建造物が、文化財として保存されていたればこそ、新しい時代の日本建築が生まれるのと少しも変りありません。(以下略)」

久保田万太郎氏の「春立の――」は、一ひねりしてはいるものの、内容はお付き合いに書いた御祝いの辞といった感じで、特に記すべき程のものはない。最後に出ている俳句だけを挙げておく。

――立春の日かげあまねき障子かな

後先になったが、この時の古曲会の委員長は篠原治氏、常任委員として、吉田幸三郎、田中青滋、池田鉄之助の三氏が名を連ねている。

この別会のプログラムに載っている篠原治氏と吉田先生の文は、それぞれ、委員長と常任委員を引き受けたことについての弁で、特筆すべきことはない。

その他の牧野良三氏の「おもい出」と田中青滋先生が書いたと思われる「古曲への案内」については次章に――

第八章　古曲鑑賞会(二)「古曲への案内」

牧野良三氏（1885～1961）の「おもい出」には、上野の芸大に邦楽科が創設された経緯が書かれているので、次に挙げる。

「日本音楽について、わたくしには深いおもい出がある。

大正七年の秋のことである。

原（敬）内閣が成立して政党内閣というものが初めてでき上がると、その文部大臣に中橋徳五郎さんが選ばれた。世間は、原首相の文教一新に関する大きな志を知らなかったものだから、この意外な人選に驚いた。文部省というところは、宮内庁と相並ぶ別格な役所であって、その大臣には、華族とか、役人を長くしてきた特別な人物とか、何れにするも社会から別格扱いをされる人物でなければならないものとされていた。そこへ、関西の実業家で、長い間大阪商船の社長をしていた民間人を選んだのだから、驚いたのは無理もない。今の東宮妃が選ばれた驚きと喜びとを逆にしたような空気だった。それで、政界も、言論界も、意地の悪い小姑のような態度で、新文相の一言一行を、目ひき袖ひきして問題にしたものだった。

その際のこと、文部大臣が当時秘書官をしていたわたくしを連れて上野の音楽学校へ出かけた。一通り見てまわってから、先生や、父兄や、それに新聞記者を前にして、この学校では西洋音楽は教えているが、なぜ日本音楽を教えないのかといわれた。すると、それがたちまち問題にされて、翌日の新聞にデカデカと書き立てられて、文部大臣は学校と待合をゴッチャにしている、卑俗な文相の面目躍如たりと悪口した。日本の音楽というものはそんな風に、全く卑俗なものとされていたのである。

するとと中橋文部大臣は、サンザン悪口をされた揚げ句のこと、一つ世間の眼を開いてやろうじゃないかと言いだして、音楽学校に邦楽科設置の立案を命じた。それが、その後いよいよ実施されることになって、音楽学校に長唄科、清元科、常磐津科、義太夫科といった意外な学科が設けられ、高輪の家元（清元延寿太夫）を始め各家元の代表者が官立学校の奏任待遇の先生に任命されたんだから愉快だ。全く驚くべき教育界の革命で、三味線音楽のために万丈の気焔を吐いたものだった。

この革命を心から喜んだ人に、当時の東大の教授笹川臨風博士があった。笹川さんの喜びといったらたいへんなもので、それ以来わたくしは大の仲よしになったのだが、その笹川さんが、いつも心にかけていたものが、この古曲であった。古曲には大衆性がとぼしいから、このままにしておいたら亡びてしまうといっていろいろに苦心し、保存に鑑賞に、それから歌詞の整理に、その心づかいは並み大抵なものではなかった」

牧野良三氏は、この当時、文部大臣の秘書官だったが、後に代議士となり（岐阜県選出）、第三次鳩山内閣では法務大臣を務められた政治家である。

中橋徳五郎氏（1864～1934）はここにあるように実業家としても秀でた手腕をお持ちだったようだが、政治家として数々の実績を残された方である。すなわち、大正七年の原（敬）内閣の時、文部大臣となり、その在任中、大学の昇格問題を始め、その他新時代に適応すべき斬新な方策を実施して旧弊を打破した功は大きいといわれている。（平凡社『日本人名大事典』）大正十年、原首相が凶刃に倒れた直後、組閣された高橋（是清）新内閣でも、中橋氏は文部大臣として留任し、その後、昭和の初めにかけて商工大臣、内務大臣を歴任した。

笹川臨風氏については別に後述する。

以上のような諸氏の文の後に、一部、二部の番組と、その出演者名が出ている。

それに続いて、「古曲への案内」として、「古曲とはどういふものか」、「古曲は現在どうなっているか」、「古曲はどう味はったらよいのか」についての懇切丁寧な解説が載っている。

著者名がないので誰が書いたのかわからないが、文章やその内容からみて田中青滋先生ではないかと思われる。

田中先生は河東節十寸見会の対外的な代表者でもあり、後に古曲会の理事長になられた方である。

最初の「古曲とはどういふものか」の冒頭に次のようにある。

「古曲といふ言葉は、三味線邦楽の内、常磐津、清元、長唄、乃至は義太夫節などと、何か一線を画したい気持から、およそ大正はじめ頃から称へられた言葉で、一中節、河東節、荻江節、宮薗節を指し、その頃は上方の繁太夫ぶしなどもこの内に加へてありましたが、只今ではこれは地唄、箏曲の部にゆづり、前記四派を総括して古曲と呼ばれて居ります」

私が古曲鑑賞会に行き始めたのは昭和二十年代の後半だったが、その頃の古曲鑑賞会の会場は美術倶楽部で、椅子席ではなく畳敷きの広間に一段高い舞台があって、出演者はそこで演奏し、聴衆は畳の上に座ったり胡座をかいたりして、それに耳を傾けたものである。

その時分には、確かに演奏曲目の中に地唄が入っていて、いつも富崎春昇師が出演されていた。時には富山清琴師を伴って演奏されることもあった。繁太夫節の「千鳥」とか、

「荒れ鼠」とか、聴いた記憶がある。

いつ頃から地唄がなくなったのか、はっきり覚えていないが、昭和三十年に古曲会が設立されて古曲鑑賞会が演奏会名になってしまってからのことかもしれない。この「古曲とはどういふものか」の後の方には、一中、河東、宮薗、荻江についてそれぞれ簡単な説明があり、次の「古曲は現在どうなっているか」と合わせて、古曲各流派の成立から昭和三十四年に至るまでの歴史がコンパクトにまとめられていて、これらを読むと、古曲に関する基礎的な知識が得られるように書かれている。

一般的にあまり知られていないことも書いてあるのだが、それにはいずれ後で触れることにして、以上で「古曲とはどういふものか」と「古曲は現在どうなってゐるか」については終わる。さて次の「古曲はどう味はったらよいのか」の章だが、なかなか含蓄に富んだ文で、古曲を鑑賞する上でのヒントにでもなればと思って、全文を挙げることにした。

「古曲は武蔵野の紫（植物）である。放っておけば亡びてしまふ。それは何故か。

わからないからである。ぴったり来ないからである。退屈である。くすみすぎている、等々。

それは一々御尤《ごもっとも》でありますが、およそ芸術には、早わかりのする芸術と、熟視玩味してはじめて味の出る芸術と、両様が存するやうです。古い芸術品は、とかく、さう易々と門戸をひらいては居らぬもののやうです。古曲は音楽を極めた人とか、芸術鑑賞に造詣の深い人とかから讃嘆の声を放たれることが屡々《しばしば》でありますが、これは古曲に、どこか古美術のよさに通ずるよさが蔵されている証左であります。一時、短歌の世界で、万葉にかへれ、といふ運動があった事がありました。古曲に対する私共の認識も、万葉にかへれ、のあの声に似、古いものに新しい美を見出しておどろくそれがあるのであります。この復古主義の精神は決してただ単なる老人好み、古さのみを求める頑迷な自己陶酔でないことは、古曲とお親しみ下さることによって、徐々に諒解して頂くことが出来るでありませう。

各派鑑賞の基礎となるヒントを申上げておきますと――

古曲は大別して上方系のものと江戸系のものとの二つに分けられます。一中、宮薗を上方系、河東、荻江を江戸系とします。

上方系は大体情感を主とし、江戸系は情意を主としています。上方系の三味線の糸は太めなので、さわりと余韻がつけ易く、味が出ます。江戸系は三味線の糸が細いので、余韻がつけにくく、きっぱりとか、さらりとか、さうした音以外に生命を託します。化粧の濃くない、水髪の女などの好まれた、あの嗜好でせうか。

一中節には師宣の絵の、あの大まかな、温いものが一本通って居ります。宮薗はただ嫋々と情痴の世界を語ります。河東は張りと意気地の吉原とか、市川団十郎の芸風に似ています。荻江は深川の素足でせうか。

勿論、この基礎的なものを、各時代、各作曲者、各演奏者によって、千姿万様の差違を生ぜしめているのであります。

これらの点を、古曲とお親しみ下さることによって、お究め下さることを望ましく存じます。

以上がごく駆け足の、古曲の国御案内でありました」

別会のプロでは、この「古曲への案内」に続いて、「古曲会会則」が出ているが、その最後に、古曲会とあって、次いで、前出の委員長、篠原治氏と三名の常任委員の名があり、さらにそれに続いて、委員として各流派を代表する十五名の人達が並んでいる。カッコ内は筆者の注。

都一中（十一世）、菅野序遊（五世）、宇治紫文（五世）――［以上、一中節］

宮薗千寿（三世）、宮薗千幸（後の四世千寿）、宮薗千之（四世）、宮薗千富――［以上、宮薗節］

中川とり（山彦寿美江）、山彦文子（二世）、山彦静子（新橋五郎丸）、山彦やな子、山彦河良（六世）――［以上、河東節］

荻江阿く里、荻江いね（山彦紫存）、荻江玲（新橋美代菊）――［以上、荻江節］

いずれも名人上手と誉れの高かった方々であるが、以来今年まで四十七年、半世紀になんなんとする歳月が流れて、今は皆、鬼籍に入られてしまった。

時の重みを感ぜざるを得ない。

別会のプロには、この頃の古曲鑑賞会のプロのすべてそうだったように、一番最後に各流派の名取の名簿が載っている。

いま頁を繰ってみると、懐かしい人々の名前が数多くあり、今昔の思いに耐えない。

第九章　古曲鑑賞会（三）　笹川臨風博士と山彦秀翁

笹川臨風博士は、人名事典には、文学博士で評論家と載っているものが多いが、俳人でもあり、また歴史書から美術批評、小説まで多数の著書があり、その活動は多岐にわたっている。

博士は『明治還魂紙《めいじすきがえし》』という随筆を昭和二十一年に出しているが、それをみると、邦楽界はもとより、和洋画壇から文壇、学者など、その交遊関係の広さに驚かされる。

ここでは以下、主として邦楽関係のことに限らせてもらうことにする。

博士の『明治還魂紙』には「十寸見会」という章があって、そこに邦楽関係のことがまとめられているので、以下要約して説明を加えていく。

博士は初め謡曲を習った。その後、歌沢（寅派）を稽古し、長唄や清元もやったが、長唄は「吾妻八景」、「松の緑」、「娘道成寺」の三番、清元は「北州」、「梅の春」、「喜撰」の三番、いつでも三つ、だった。「傾城水調子」を見て、河東節がやりたくなり、山彦秀翁に入門して、「熊野」から始める。

山彦秀翁は、幕末最後の江戸太夫といわれた十寸見可慶（死後、九代目河東を追号）の子息の秀次郎で、後に秀翁と称した。

天保十二年（1841）生まれの秀翁は、山彦秀次郎の名で三味線方として活躍したが、維新後、河東節に見切りをつけたのか、道具屋となって渡米する。

明治八年の『諸芸人名録』には秀次郎の名はなく、河東節の頭取世話人には山彦栄子の名が挙がっている。

明治十八年刊の『東京流行細見記』の「十寸見や河東」のところに、山ひこ秀次郎とあるので、その少し前には帰国したと思われるのだが、どうもアメリカではあまりよいことがなかったらしく、渡米中のことを秀翁は口にしなかったので、渡米の時期や期間はもとより、アメリカでのことは殆ど不明のようだ。

秀翁の話はちょっとおいて、山彦栄子について――

山彦栄子は柳橋の藤岡という船宿の娘で本名を大深ていといい、天保九年（1838）に生まれた。

秀翁より三歳年長である。

栄子は初め河東節を藤岡の女主人である母親のとくから習ったという。

『十寸見編年集』には、とくも栄子も山彦文子《ぶんし》の弟子として出ている。

山彦文子は可慶の妻、つまり秀翁の母で、安政五年（1858）に亡くなっている。

河東節の「秋の霜」はその追善曲である。

栄子の母のとくは、藤岡のお徳として知られた女性で、明治十一年頃の新聞には、荻江節の家元の四代目露友と一緒に、その名がよく出ている。露友とかなり親しかったと思われ、近江屋喜左衛門が四代目露友を襲名した経緯についてはよくわかっていないが、もしかしたら、この藤岡のお徳が仲介をしたのではないか、と密かに思っている。露友が米沢町に待合を出したのも、お徳の世話だったのかもしれない。

露友は明治十七年に、お徳は明治二十四年に亡くなった。享年は、露友は五十九歳、お徳は不詳である。

お徳の話はこれ位にして、娘の栄子の方に話を戻すが、秀翁が外国へ行ってしまった留守の間、河東節の連中は山彦栄子が中心となって活動していた。『諸芸人名録』の頭取世話人に、河東節では山彦栄子の名があったが他流はいずれも家元の名が出ている。ということは、栄子が河東節の家元的役割を担っていたということである。

秀翁は九代目河東の十寸見可慶の倅であって、本来ならば当然、家元になるべき人物だが、河東節を捨てて外国へ行ってしまった。その秀翁が突然、また戻ってきたのだから、栄子達は驚き、困惑したに違いない。

帰国した秀翁にしてみれば、糊口を凌ぐ手段として手馴れた河東節を教えるのが一番手っとり早い。そうした秀翁をどう扱ったものか、栄子達は戸惑ったと思われる。

秀翁は河東節の師匠を始めたが、栄子達とは別行動をとった。

もともと、父親の可慶の下で盛んに活躍していたこともあり、芸は確かな上に何といっても栄子と違って男性だったので、次第に弟子も増えていった。その中に、アメリカで知り合った平岡吟舟がいた。

吟舟は明治大正時代の実業家で、本名を熙《ひろし》といった。安政三年（1856）生まれの吟舟は明治四年十六歳の時に渡米、汽車車輌製造技術を習得して、明治十年に帰国、車両製造工場を起して巨利を得た。各種の音曲に通じ、遊芸に散財したので平岡大尽と称された。明治三十五年以来、伝統的声曲諸派の粋を集めて「東明節」を創始した。東明節は昭和五年に東明流と改称。吟舟は昭和九年に死んだ。享年、七十九歳。（平凡社『日本人名大辞典』より要約）

吟舟と秀翁はアメリカで知り合ったというのが通説だが、それ以前に既に知己の間柄で、秀翁は留学のため渡米した吟舟の跡を追ってアメリカへ渡ったと書いてある本を見たことがある。どちらが本当なのか。日本出国の時、吟舟はまだ十六歳だから、やはりアメリカで知り合ったという方が自然な気がする。

帰国後、吟舟は熱烈な河東節の後援者となる。

明治二十九年歌舞伎座での九代目團十郎最後の「助六由縁江戸桜」の時、頼まれて河東節連中として出演した吟舟の江戸時代の十寸見連を彷彿させる数々のエピソードは今でも語り草になっている。

その時の助六はもちろん、九代目團十郎で、揚巻は福助（後の五代目歌右衛門）、意休は有名な四代目芝翫で、古今無双の意休と評判が高かった。

吟舟の他にも、愛知県選出の代議士の三浦逸平（十寸見東甫）、大和田主人の味沢貞次郎（十寸見東和）など、秀翁には有力な後援者が大勢いた。

そんなわけで、河東節は自然、秀翁の派と栄子の派の二派に分かれることになった。栄子のグループを藤岡派といい、秀翁のグループを真澄《ますみ》派《は》といった。

両派は反目し合っていたわけではなく、両派の間には交流があって、芝居や河東節ゆかりの故人の追善会などには一緒に出演して協力し合っていた。

山彦秀翁という人は奇人で数々のエピソードが伝わっているが、芸の方は正統派で、稽古はなかなか厳しかったという。

『明治還魂紙』に秀翁の奇行がいくつか出ているが、ある時、演奏の途中で突然三味線を下に置いて立ち上がってどこかへ行ってしまい、しばらくして戻ってきて演奏を続けた、という話などは中でも傑作だ。演奏仲間が後で、「どうしたんですか」、ときくと、「何、小用に行ったのげす」、と平気な顔で答えたという。

秀翁はアメリカで生活したこともあってソーセージが好きというハイカラな一面もあったが、やはり生来の江戸っ子で、金持ちの贔屓《ひいき》や後援者より、当時の笹川臨風氏のような若い書生っぽが好きというつむじ曲がりのところがあった。

臨風博士は秀翁に好かれて、

「時々モンぺの股引に尻っぱしょりで、首に小さな風呂敷包を巻きつけた、翁の不意の訪問を受ける。風呂敷の中から取出すのは小鴨で、お土産である」

と『明治還魂紙』に書いている。

昨今の河東節の師匠は大抵、河東節と共に荻江節も教えている。実は、これには秀翁が関っているのだが、それについては長くなるので、次章で委しく触れることにする。

秀翁は大正八年四月に不帰の人となった。享年、七十九歳。

秀翁の長男は河東節とは無縁で他家へ養子に行き、次男の猛次郎は山彦小文次といったが、父の秀翁との折り合いが悪く、喧嘩別れをして出ていってしまい、その後間もなく秀翁は死んだという。秀翁の死後、小文次は家元を襲名、主として上方で活動していたが、昭和九年に亡くなった。

以下、『明治還魂紙』に次のようにある。

「不思議な縁で、私（臨風）は最後まで出入をして、其（秀翁の）面倒を見てゐた。

　翁の歿後、此の流儀の絶えんことを遺憾とし、三浦東甫君と謀って十寸見会を起した。又翁の追善のために長命寺に碑を建て、後に之を三囲神社の境内に移した。（この碑は三囲神社に現存）邦楽調査会邦楽会もはやくに廃絶してゐたから、私は古曲鑑賞会を起して河東節の他に薗八、一中、荻江及地唄の保存を謀り、第一回を三越のホールに開催し、後には産業組合中央会館のホールを用ひ、事変まで二十何回となく開いた。正会員五百名余、臨時会員二三百名、此う云ふ会合では最も盛んであった。

　或時は京都の松本おさださんを招いて地唄舞をやり、又或時は文楽座の吉田文五郎、桐竹紋十郎を聘して薗八節の「小春治兵衛」を演じたりした。荻江の中絶したのを荻江ひさ氏が再興したが、私は家に招いて稽古した。振をつけたらば盛んになるだらうと、古曲鑑賞会で初めて若柳吉与志に「八島」を踊って貰ったが、果して之は中って盛になった。薗八の家元は都一中が之を預ってゐたが、一中歿後は私が之を預ることにした。

　斯ういふわけで警視庁が芸事を統制することになると、素人の私は実行委員にさせられ、長唄と三曲とを除いた邦楽のために邦楽協会が設けられて、其会長に挙げられ、一昨年（昭和二十年）の三月まで在任した」（以上、『明治還魂紙』の「十寸見会」より）

　山彦栄子はその後新富町に居を移したので、藤岡派はまた、新富派ともいうようになった。栄子は秀翁が没した三年後の大正十一年、八十五歳の生涯を終えた。

古曲を心から愛していた笹川臨風博士は昭和二十四年四月十三日に死去した。享年、八十歳だった。博士は亡くなったが、しかし、その遺志は現在の古曲会に受け継がれ、今も脈々と生きている。

第十章　古曲鑑賞会(四)『菊がさね』

古曲会が財団法人になったのは昭和三十七年九月のことである。その年に十一代目市川團十郎（先代）丈の襲名披露興行が、四月、五月の二ヶ月にわたって歌舞伎座であり、河東節の十寸見会連中が出演した。

新古曲会の会長には旧古曲会の委員長だった篠原治氏が就任、理事長には吉田幸三郎氏、常任理事には田中秀夫（青滋）氏と池田鉄之助氏、理事には旧古曲会の委員がそのまま移行する形となった。委員という名称が理事と変わっただけで、大きな変化はなかったが、一中節菅野派の五世菅野序遊師と河東節の二世山彦文子（岡田米子）師が物故されて抜け、菅野派の代表には代わって菅野序州の中村孟之氏が、また三世宮薗千寿（槍田ゆき）師に代わって宮薗千幸（水野ハツ）師が四世千寿を襲名されたので、宮薗千幸の名が、消えている。

新古曲会の会長になった篠原治氏は、前にも書いた通り、新橋花柳界の菊村のおかみでまた、二世都一広として一中節の人間国宝だった。一般には篠原治さんというより、菊村のおかみさんで通っていたので、以下、菊村さんと呼ばせてもらうことにする。

菊村さんは、大正十二年の東京大震災後、新橋の花柳界を逸早く復興させ、一花柳界として新橋演舞場を建設する等、その卓越した政治的手腕はつとに知られたところである。菊村さんは一中節の他、清元の名手としても有名だったが、河東、荻江、宮薗等、古曲にも通じておられ、その古曲の保存と普及に大きな足跡を残されている。

それについては菊村さんが昭和三十一年に出版された『菊がさね』という本に載っているさまざまな挿話から窺い知ることが出来る。

前章で引用した笹川臨風博士の『明治還魂紙』の文中に、「荻江の中絶したのを荻江ひさ氏が再興したが、私は家に招いて稽古した」とあった。荻江節は四世荻江露友の死後、妻のいくが柳橋で守竹家という芸者家を営みながら教えていたのだが、明治三十七年にいくが亡くなった後、しばらく絶えていたのを復活したのが、ひさ、うめの姉妹だった。

その後、姉のひさは自ら家元とは名乗らなかったが、世間的には荻江節の家元格として扱われていたようだ。

ひさは秀翁のところへ河東節を習いに来ていた。以下は、町田佳声氏の『荻江節の起りとその芸を伝えた人々』による。

——明治の頃は、常磐津清元ならまだしも、馴染の薄い荻江節など習っても生活の道につながらない時代であって、ひさの修行時代の生活は相当に苦しかったらしく、或る日、

第十章　古曲鑑賞会（四）『菊がさね』

秀次郎（秀翁）に苦衷を訴えたところ、秀次郎は「お前は荻江節という特技を持っているから、俺のお客様に頼んで何とか生活の道が立つようにしてやろう」と贔屓先の新橋、赤坂、日本橋、下谷の花柳地の人達に紹介してやった、という。（要約）——

菊村さんの『菊がさね』の「荻江」のところに、

——荻江のおひささんは、河東節のお師匠さん（秀翁）が皆の処へ連れて来て、「この人が荻江の稽古をするから習ってくれ」と頼まれた。そんな関係上河東節をやる人はひとまず稽古についた。

このおひささんの芸風は至極淡々たる芸風なので、荻江と言ふものをまだ解しない人には本当に面白くないと感じたのであらう。一人へり二人へり殆ど終ひには稽古する人がなくなってしまったので、私がすっかり背負ってしまった。例の師匠の終列車だから——とある。この「師匠の終列車」というのは「荻江」の前にある「薗八」（宮薗）のところで、

「そんな訳で仕合せにも、明治時代の女の三名人と言はれた人の教へをうけたが、それがみんなお師匠さんがたの終わりに臨んでゐるので、終列車に間に合ったやうな気がする」

と書いているのを指しているようだ。

明治の三名人とは、清元お葉、一中節の都一広、宮薗節の宮薗千之の三人のことであ

る。

荻江ひさは晩年、妹うめの子の柳原緑風氏が営む緑風荘という中華料理店に引き移って、そこで稽古を続けた。

――その頃から片山（荻江房）さん、佐橋（荻江章）さん、岡田（荻江よね）さん、竹村（荻江寿々、後に寿友）さん等が本気に稽古をする気になって緑風荘へ通ひ出した。お師匠さん（ひさ）は緑風荘で身罷った。本当に終わりがいい。立派なお弟子も出来てよかったと、万事はその時からこの四人にお任せした。

それで荻江といふものが、この四人の手にかかって面白くなった。

或る時、『深川八景』をこの四人で放送した事があった。四人とも芸が円熟しきってゐた頃なので、この放送を聞いて実に荻江の前途を喜んだ。その後、片山さん、佐橋さんなどが亡くなられて今残ってゐるのは竹村さん、岡田さん位のものだ。

この頃は荻江も少し面白くなり過ぎたのではないかと思はれる――

筆者は、戦後の昭和二十五年に竹村さんについて荻江節を習い始めたが、片山さんと佐橋さんは戦後間もなく相次いで亡くなられたので、お二人の至芸に直に接することは出来なかった。

私が入門した時、竹村さんは喜寿の祝いをすませたばかりだった。

その頃、新橋の花柳界では、河東節の師匠は岡田さん、荻江節は竹村さんとなっていた。

お二人とも河東、荻江に通じておられたはずであるが、新橋ではその分担が決まっていたようだ。

亡くなられた片山さんと佐橋さんは両方教えておられたようで、門下のお名取りさんから古曲の師匠になられた方々も、いずれも両方教えておられるので、それで河東をやる人は大抵荻江もやっている方が多い。どちらに比重をおくかは人によって違うだろう。

以前、河東節の師匠はどうして荻江節の師匠も兼ねているのか、という質問を受けたことがあるが、それは以上のような事情によるのである。

竹村さんについての思い出話を二つ、三つ。

竹村さんの話によると、おひささんの荻江節は水調子（調子が低いということ）で、単調でつまらないものだったが、それを今のように面白く聞けるようにしたのは自分だ、といっておられた。

『菊がさね』では、おひささんの芸風は淡々としていて、荻江をまだ解さない人にとっては本当に面白くないと感じたのだろう、といっているが、それを面白くしたのは片山、佐橋、岡田、竹村の四人としている。

竹村さんが、他の三名の名を出さずに、自分がやったというのには、それなりの自負があったと思われる。

『菊がさね』には、竹村さんが菊村さんと同じ清元やなので、何度もその名が出てくるが「余興の盛んな頃、今の古曲の竹村さんが、まだ〆子さんと言ってゐた頃、今でも（昭和三十年頃）高い声が出る位だから、この方の三十代は大した声だった」

とある。

本当に大した声で、私が入門した頃、竹村さんは既に喜寿を超えた小柄なお婆さんだったが、初めてその声を聞いた時、その小さな体全体が共鳴するかのような響きにすっかり圧倒されてしまった。

私蔵の録音テープの中に、昭和二十年代の後半にＮＨＫで放送した竹村さんの『深川八景』がある。三味線は下谷のおやなさんこと、荻江やな（渡辺やな）師である。『深川八景』は三下りであるが、調子は八本で、八十歳の人の唄とはとても思えない。

清元の「かさね」の聞かせどころの「夜や更けて」の節は、五世延寿太夫が竹村さんのために今のような節に直した、というのが、竹村さんのご自慢で、そのことは『延寿芸談』に出ていると私に教えてくれたのは、竹村さん御自身だった。

五世延寿太夫の『延寿芸談』には、次のように載っている。

――（「かさね」の）「夜や更けて……」の歌が昔はチントンシャンというようなものであったのですが、私が節をそっくり取り替えて今の節に直したのです。それはこの時には新橋の芸妓連中が清元を務めたので〆子が非常に高い調子の出る人でしたから、こういう高い調子のものにしたのですが、それが後に市村（羽左衛門）や寺島（梅幸）が演るようになると、私が語らなければならなくなったのですから、女の高調子をそのままやるのはかなり苦しみました――

この、新橋の芸妓連中が清元を務めたというのは、竹村さんの話では、東をどりの前身である東会の時だそうである。

菊村さんが『菊がさね』という本を出されたその年、昭和三十一年、荻江節の世界に歴史的な事件が起こるのだが、それについては次章に――

第十一章　古曲鑑賞会(五)　五世荻江露友

昭和三十一年一月に前田すゑ師が五世荻江露友を襲名して、明治十七年（1884）に四世露友が亡くなって以来絶えていた荻江露友の名が七十二年ぶりに復活した。

前田すゑ師は、著名な日本画家、前田青邨画伯の夫人で、『菊がさね』にも出ていた佐橋章師の実妹である。

この五世露友の誕生は荻江節の世界だけに限らず、当時の古曲会にとっても一大事件だった。

というのは、それまでの古曲の関係者は師匠をはじめとして、すべて古曲会に属していたのだが、前田すゑ師は古曲会とは全く別個に襲名して、いわば別派を立てたのだから色々な意味で大変なことだった。

五世露友師は昭和四十三年に『宗家五世　荻江露友』という本を出版されていて、その跋《ばつ》の中で同書の上梓の動機について次のように述べている。

「前から、系統だった荻江の歴史と現在の動きを後世に残しておくことは、宗家であなたの責任、と人に言われていたが、今年（昭和四十三年）は先代（姉の佐橋章師）の二十三回忌にあたり、自分の喜寿の祝を兼ねた会を二月に歌舞伎座で催すことになったので、長年の懸案だった荻江の歴史と現在の動きを町田佳声先生と仁村美津夫先生にお願いして、やっと出版の運びとなった」（要約）

同書の最初の方には、五世露友師に関連した写真と各界名士から寄せられた祝詞が載っているが、主要部分は町田佳声氏の『荻江節の起こりとその芸を伝えた人々――初代露友から四代まで』と仁村美津夫氏の『宗家五世　荻江露友』で、町田氏は初代露友から、ひさ、うめの姉妹に至るまでの荻江節の歴史を、仁村氏はそれに続く五世露友師の伝記等について書いている。

仁村氏の書かれたものは、題名が書名と同じなので、区別するために、仁村氏の方は以下、単に『五世露友』とさせてもらう。

仁村氏の『五世露友』には、露友の姉の佐橋章師のことや、五世露友襲名の経緯が出ているので、その部分を挙げる。

「章（佐橋章）は周囲からすすめられて、昭和九年、四世荻江露友の娘である飯島すみから正式に露章の名をもらうことになった。これは荻江の後継者を約束されたものであり、荻江では露友の露は門下にもほとんど使わせなかったのに、特に露を冠した露章の名が許されたわけである。

この飯島すみも四世荻江露友こと飯島喜左衛門の養女だった。すみの生まれは加藤家で、その家はやはり維新前は名門だったが、世の中が変わって没落した。

「今紀文」とまで言われた深川木場の大金持ち飯島喜左衛門の娘として、蝶よ花よのお嬢さん育ちをしたそのおすみさんも、四世露友として大きな財産を蕩尽《とうじん》し、四十九歳で亡くなった義父とともに数奇な運命を辿った女性だった。

飯島すみは、荻江露章の披露があったときにも、将来、よい機会を見て、五世荻江露友を露章が継いでくれることを希望していた。

そして当時、それらの事情については笹川臨風博士がすべてを知っていたし、また任されたような立場にあった。

「佐橋章が荻江露章になったとき、その仲立ちは笹川臨風博士だったが、四世荻江露友（飯島喜左衛門）の娘の飯島すみとともに、笹川氏は露章披露の式に立ちあい、そのとき二人から露章が必ず機会を見て五世露友を襲名してくれるようにと希望が述べられた。（中略）ついに五世露友の襲名は実現を見ずして世を去ってしまった」

「露章の死後、（笹川臨風博士は）北鎌倉の前田家を訪れ、姉の遺志を継いで、すゑに五世露友を襲名することをすすめた。しかし、すゑはそれをも断ったが、笹川氏は二度、三度繰り返し、荻江のためにも家元が必要であることを説いた。

それでも、すゑが承諾しないので、笹川氏は四世露友の娘の飯島すみから一切を任され預っていた家元の書類、いわゆるお墨付きを、すゑにその書類が手渡されたのだった』

昭和三十年に、すゑ師の夫の前田青邨画伯が文化勲章を受けたのを機に、邦楽界の先輩達から、「この辺で、家元になって荻江再興のために尽力してほしい』といわれて、すゑ師は夫に相談したところ、快く許してくれたので、決心がついたという。

それで、翌昭和三十一年一月六日、姉露章の命日を選んで、赤坂加寿老での宗家荻江露友襲名となるのだが、当日の出席者は特別な関係者のみに限られていたが、久保田万太郎、土岐善麿、牧野良三、出光佐三、山田抄太郎、宗家藤間勘十郎、芳村伊十郎、杵屋六左衛門、市川海老蔵（後の十一代目團十郎）、清元延寿太夫、柳原緑風などで、荻江ひさ師の甥の柳原緑風氏から、すゑ師が荻江宗家を継承することに異存がない旨の証書が、正式にすゑ師に手渡された。緑風氏はひさ師の妹、荻江うめ師の息子である。

この披露宴の後、各新聞社などのジャーナリズムへも襲名の発表を行った。

以上の記述の中に、四世露友の飯島喜左衛門のことを、深川木場の大金持ち、とあるのは、同じ深川ではあるが、北川町の間違いで、また四世露友の養女という飯島すみについいても、これで見ると、四世露友の没落以前からの養女のように受け取れるが、四世露友没後、妻のいくが柳橋で守竹家という芸者家を営みながら荻江を教えていた。その守竹家を継いだのが飯島すみで、前身は守竹家の抱妓で小よしといったという説もあり、すべてそのまま鵜呑みにできないところも多い。

しかし、『宗家五世　荻江露友』の見返しの後に載っている写真の中に、笹川臨風博士の前田すゑ師宛の荻江節の家元を一時お預けするという書付と柳原緑風氏の同じく前田すゑ師宛の、「貴下が荻江節宗家を継承せらるる事に異存ありません」と書かれた承認書が出ている。

仁村美津夫氏の『五世露友』は、前田すゑ師の五世露友の側から書かれたもので、古曲会に関することは全く載っていない。

五世露友襲名の動きは、その前年の昭和三十年から始まっていて、古曲会はその対応策に追われていたようである。

古曲会の中で、一中節は都、菅野、宇治の三派、宮薗節は千之、千寿の両派、河東節は十寸見会で、それぞれまとまっていたが、荻江節は特にこれといったまとまりがなく、新橋の師匠である竹村さんが赤坂や下谷にも出稽古に行っていて、古曲鑑賞会の荻江という と竹村さんの一門が常連を占めていた。

その竹村さんが五世露友師の方へ行ってしまうということになったのだから、一大事だったに違いない。

聞いた話だが、五世露友襲名に当たって、前田すゑ師は竹村さんにも声をかけた。

何しろ、すゑ師の姉の荻江露章師は竹村さんの相三味線だった。

そのことについて、菊村さんが竹村さんに、

「あんたはどうするの？」

と訊いたそうである。

「あたしは前田さんの方へいく」

と竹村さんが答えたので、竹村さんは新橋を首になってしまった。

竹村さんが何故、前田さんの方へいく気になったのか、色々な理由が考えられるが、いずれも推測になるので、今は深く穿鑿《せんさく》しないでおく。

新橋は荻江の師匠がいなくなってしまったので、高松あぐり師を引っぱって来て、荻江の師匠とし、亡くなった片山さん（荻江房）取り立ての師匠連、荻江ふみ（飯箸文子）師や荻江しづ（五郎丸）師、また竹村さんの息のかかっていない柳橋や芳町、浅草などの花柳界の名取り連中を糾合して荻江真茂留会を設立して荻江節関係者の結束を謀って五世露友師に対抗した。

昭和三十一年五月のことである。

五世露友師の活動は華々しいものだった。

邦楽界の一流の演奏家達を続々と傘下に集め、襲名の翌年の昭和三十二年一月、帝国ホテルの演芸場で襲名披露演奏会を開く。

五世露友師一門は真守会と称した。

荻江節は、真茂留会と真守会に真っ二つに分裂したが、ジャーナリズムの脚光を浴び、お陰で多少世間に知られるようになった。

真守会のメンバーには、次のような人達の名が挙がっている。

荻江露夕（中山小十郎）、荻江露舟（富士田新蔵）、荻江露英（杵屋栄三郎）、二世荻江露章（今藤長十郎）、荻江友次郎（清元梅吉）等々。その他に、竹村さんの御養子の荻江之友（後に、二世寿友）、荻江露光（岡安喜一郎）など、いずれも錚々たる方々である。

帝国ホテルの襲名披露演奏会については次章に——

第十二章　古曲鑑賞会(六)　思い出すこと

昭和三十二年一月十二日に、五世荻江露友の襲名披露を兼ねた初の演奏会が、帝国ホテルの演芸場で開催された。

この演奏会に先立って各界の名士達に送られた挨拶状には、五世荻江露友の名に続いて次の方々の名前が並んでいる。

まず、宗家顧問として牧野良三氏、久保田万太郎氏、出光佐三氏の三名。その後に、賛助御芳名（五十音順）とあって、安倍能成氏、上野直昭氏（芸大学長）、加藤成之氏（元東京音楽学校々長）、小宮豊隆氏（ドイツ文学者、国文学者）、志賀直哉氏、高橋誠一郎氏（日本芸術院々長）、谷崎潤一郎氏、土岐善麿氏（歌人）の八名、相談役世話人として、柳原緑風氏の名が出ている。（カッコ内は筆者注）安倍能成氏と小宮豊隆氏は夏目漱石門下の長老で、当時、安倍氏は学習院々長、小宮氏は学習院大学の文学部長をつとめられていた。

牧野良三氏と柳原緑風氏については前に触れた。

その他の久保田万太郎氏、出光佐三氏、志賀直哉氏、谷崎潤一郎氏については説明するまでもないだろう。

その襲名披露演奏会の主な番組としては、竹村さんの荻江で「式三番叟」。長唄「松の翁」は芳村伊十郎の唄で、三味線は今藤長十郎。土岐善麿作詞で新宗家作曲の荻江の新曲「月結露友垣」は新宗家の五世露友師の唄で三味線は荻江露扇。舞踊として、荻江節の「梅」を立方、藤間宗家の藤間勘十郎、地の唄は荻江露舟（富士田新蔵）で、三味線は荻江露光（岡安喜一郎）だった、等々で大盛会だったという。

というのは、その時、私は病院に入っていて、その会に出席していなかったのである。

これ以後の話については、私個人のことに少なからず係わっているので、まずは思い出話でも交えながら私の立場を理解してもらうことにする。

――安倍能成院長の思い出。

いつ頃のことだったか、はっきりしないのだが、多分、昭和二十六年頃だったと思う。前にも書いた美術倶楽部での古曲鑑賞会で安倍院長に会った。

その時、私は友人の嶋田厚君と一緒だった。後に筑波大の教授になった嶋田君は、幕末の剣客、嶋田虎之助の子孫で、私の江戸学の師、森銑三先生も嶋田虎之助の調査のため、嶋田家を訪問されたことがあったそうである。

嶋田君は学習院大学では、フランス会というのを創って、研究というよりシャンソンを聴いたりして楽しんでいたようだったが、好奇心旺盛な彼は邦楽や邦舞などにも興味を持っていて、古曲鑑賞会や竹原はん師の地唄舞など、彼と一緒に見に行った記憶がある。

古曲鑑賞会で、私と嶋田君が先へ来て窓際近くに並んで坐っていたところへ、安倍院長があとから見えて私達の隣に席をとられた。

院長には老紳士の連れがあった。

嶋田君は背広を着ていたが、私は学校の制服姿だったので、院長はすぐ私に気付き、

「君は何年生だ?」

と声をかけてきた。

それから、演奏の合間に短い会話を交わした。

「そのうち、君もあそこへ上がるんじゃないか?」

と院長は、一段高い舞台を指差して悪戯っぽく笑いながら、いわれたのを思い出す。

院長の連れの老紳士を、私は知らなかったが、嶋田君が、東京芸大学長の上野直昭氏だと教えてくれた。

河東節の曲目は覚えていないが、演奏のタテ唄は山彦文子(二代目)でワキが山彦いね子(後の山彦紫存)だった。

演奏を聴き終わった後、

「山彦いね子というのは声がよくて、なかなかすばらしい」

と、お二人で話しておられたのが聞こえてきたのを、何となく覚えている。

安倍院長と直接話をしたのは、その時が最初でまた、最後だった。


――小宮豊隆先生については、直接的ではないが、次のような思い出がある。

学習院大学の歌舞伎サークルを国劇部といった。

創立したのは、拙著『江戸落穂拾』に序文を書いていただいた小山観翁さんで、歌舞伎座のイヤホーン・サービスを始められたのも小山さんで、歌舞伎鑑賞に関する著書も枚挙にいとまがない程書いておられる歌舞伎のオーソリティーである。今では歌舞伎関係者で小山さんを知らない人はいないだろう。

私が邦楽をやっているのを知って、国劇部に入らないか、と入部を勧誘してくれたのも小山さんだった。

学生時代、小山さんにくっついて、まだ源平といっていた、先年亡くなった沢村宗十郎丈などと遊び廻ったのも、今は懐かしい思い出である。

その国劇部で部報を出すことになって、B5判4頁の当時としては珍しい活版刷りの創刊号が出来上がった。コピー機などもない当時は、学生は金がないので、印刷物は殆どガリ版刷りだったのである。

　部報の巻頭には、部内切っての踊りの名手、後の白鹿酒造社長の鹿島君の「娘道成寺」の写真を載せ、その下に小宮先生の江戸文化に関する記事が出ていた。

　一面はそれだけで、後の方に、先日亡くなった吉村昭さんや私などが短いものを書いて出している。

　この部報は確か取って置いたはずだが、昨年の引っ越し騒ぎで、どこかに紛れてしまっている。小宮先生の原稿は、国劇部の友人で今も親しくして貰っている神山昭彦君が、「僕が小宮先生に何か書いてくれるようお願いしてくる。そのかわり、先生がもし書いてくれたら、その原稿は僕がもらうよ」

といって、小宮先生との交渉を買って出て書いてもらってきたもので、内容は、江戸時代の文化というものは泥沼に咲いている蓮の花のようなもので、うっかり足を踏み入れると、ずるずると泥沼に体ごと引き込まれてしまう。魅力も大きいが、危険度も高いので、心してかからなかればいけない、といったようなことが書いてあったと思う。

　神山君に確かめていないが、あの小宮先生の原稿は今でも彼の手許にあるのだろうか。

　ちょっと脱線してしまったが、話を荻江節に戻す。

昭和二十五年、私が竹村さんのところに入門した時、竹村さんは田中家での喜寿の祝を、済まされたばかりだった、と前に書いた。

竹村さんから、そう聞いた記憶があったからである。

しかし、平凡社の『日本人名事典』によると、竹村さんは明治九年（1876）生まれで、昭和二十五年には七十五歳（数え年）である。私の記憶違いだったのだろうか。

その当時、竹村さんの稽古所は新橋の板新道の中浜大和という芸者家だった。その後、竹村さんは赤坂や下谷へも出稽古に行かれるようになった。

竹村さんの稽古所には、弟子の我々以外にもさまざまな方がお見えになった。五世露友になられた前田すゑ師もよく見えて浚《さら》って行かれた。すゑ師の姉の佐橋章師は竹村さんの相三味線だった。

竹村さんは普段弾き語りで弟子に稽古をされていたが、すゑ師は私がたまたま稽古をしているところへお見えになると、「妾《わたし》が弾いてあげる」といって、伴奏して頂いたことが何度かあった。

渡辺やな師（荻江やな、山彦やな子）は佐橋章師の弟子で、師匠のワキを弾いておられた方で、荻江の現存曲はすべて御存知だったようだ。よく稽古日には出てこられて、竹村さんが弟子に稽古をつける、その三味線を弾いておられた。

ある時、私が居合わせた時だが、竹村さんがやな師に向かって、
「あんたに教えるものはないけど、『紅筆』という唄、やってみる？」
といった。やな師が、「結構です」と辞退されたので、どんな唄なのか、聴きそびれてしまったが、今の『荻江閑吟集』に載っていない荻江の曲だったのか、或いは、地唄か、何かの唄だったのか、今となっては確かめようがない。『紅筆』という曲名だけが記憶に残っている。

竹村さんの稽古は、前回までに習ったところまで、初めから通してやり、その後の稽古本の二、三行分をまず竹村さんが一人で唄い、それから、その部分を弟子と一緒に三回程繰り返して終わり、という簡単なものだった。経験の浅い私などは、竹村さんクラスの師匠の稽古はそういうものと思っていたが、正直なところ、三回位の稽古ではとても覚えられなかった。カセット・レコーダーなど、まだない時代で、持ち歩くのがやっとという程、ばかでかい携帯用録音機が出てきたのは、昭和二十年代の後半だった。後の山田流の人間国宝、中田博之先生も竹村さんの弟子だったが、その中田先生が稽古所に大きな箱型の録音機（テープ・レコーダー）を持ち込んできた時の竹村さんの驚きよう、呆れようは大変なものだったのを思い出す。

三回稽古で覚えられないのは、何も私ばかりでなく、他の弟子連中も同様だった。

特に、荻江節などの古曲をやる人達は、色々な邦楽をさんざんやってきた年輩者の方が多かったので、それぞれ随分苦労されていたようだ。

普段の稽古の時はまだしもだったが、お浚い会の時はなかなか一人だけで唄えるようにならず、本当に困った。

そんな時、声をかけてくれたのが渡辺やな師だった。

第十三章　古曲鑑賞会(七)　渡辺やな師

渡辺やな師は、

「浚ってあげるから、ウチへいらっしゃい」

と声をかけてくれた。

やな師は蔵前の柳屋という和菓子舗の娘で、やなというちょっと奇妙に聞こえる名は柳屋という屋号の柳をとってつけたのだそうである。

やな師は下谷の花柳界で松栄家という芸者置家をしておられた。

下谷の花柳界は上野の不忍池に面した南側の一角で、今の春日通りを挟んで、池寄りの数寄屋町と反対側の同朋町を合わせて下谷とか、池の端の花柳界とか、呼ばれていた。

やな師のお宅は数寄屋町にあった。

玄関を入った左側の下駄箱の上に、「てんじん」と書いた板看板が立てかけてあった。

終戦直後のまだ、食料の統制時代、料理飲食業は正式に認可されず、法の目を潜った裏口営業が密かに横行していた頃は、花柳界なども公然と営業できなかったので、やな師は「てんじん」という甘いものの店を開いておられたそうで、看板の字は小杉放庵画伯がやな師のために筆をとってくれたものだった。

料理飲食業が正式に再開になったのは確か昭和二十四年だったと思うが、新橋、赤坂、柳橋を除く東京中の花柳界が、その再開を祝して「東京をどり」というイベントを、今はない東京劇場で催した。

歌舞伎座は戦災で消失したままで、まだ再建されていなかった。

料飲再開とともに、やな師は甘味処の店をやめて、戦前からの松栄家という芸者家に商売替えされたようだが、小杉放庵筆の看板だけは大事にとって置かれたのだろう。

下谷の花柳界は戦前、上野という場所柄、画壇、特に日本画壇の方々との交流が深かったようだ。

五世露友師が前田青邨夫人となったのも、下谷という土地とまるで関係がないわけではない。

やな師の師匠の佐橋章師は露友師の姉で下谷の花柳界で八重といった人である。

その姉を通して青邨画伯と結ばれたのだから無縁とはいえない。

昭和三十三、四年頃のことだが、私が松栄家へ稽古にいくと、やな師が私に、小唄をテープに録音したいので唄ってくれないか、といわれた。なんでも、日本画壇の先生方の集まりがあって、余興に橋本明治氏の三味線で山口蓬春氏が小唄を唄う、その稽古用のテープをとりたいということで、確か「初雪」を唄ったことがあった。

やな師はこの両画伯とは特に懇意にされていたようで、私は一度、やな師と一緒に湘南の山口蓬春邸にお邪魔したことがある。

話が前後してしまったが、「浚ってあげるから、ウチへいらっしゃい」というやな師のお言葉に甘えて、竹村さんの会の時には松栄家に浚ってもらいに伺った。

そのうち、竹村さんが下谷へも出稽古されることになり、松栄家がその稽古所になったので、新橋よりも松栄家へいくことの方が多くなった。当時、大学生だった私は上野を経由して通学していたので、稽古のためにわざわざ廻り道する必要がなくなり好都合になった。

昭和二十八年に、私は竹村さんから荻江寿章という名を戴いて名取りになった。

昭和三十年に、竹村さんは傘寿の会を新橋の新喜楽で催した。

どうも私の記憶と人名事典の竹村さんの年齢には多少感覚的なズレがあるのだが、人名事典によると竹村さんが八十歳になったのは昭和三十年なので、ここはそれにしたがっておく。

そのとき、私は「八島」を唄った。三味線は赤坂の晴也さんと秀蝶さんだった。

会の間中、竹村さんは舞台のすぐ前に菊村さんと並んで座って演奏を聴いておられた。

それを見て赤坂のお二人は出番の前に、さかんに「こわい」、「こわい」を連発していたが、竹村さんは師匠だから当たり前として、やはり菊村さんは芸のわかる恐い人だったのだろう。

会の終わりに踊りが何番かあった。

新派の伊志井寛の唄で、水谷八重子（初代）が「松」を踊った。

水谷八重子がとても美しかったのを覚えている。

トリは尾上菊之丞（初代）の「八島」だった。

この傘寿の会があったのを昭和三十年として、この後一年足らずで前田青邨夫人が五世露友を襲名されたことと思い合わせると、新喜楽の舞台の前で竹村さんと菊村さんが二人仲良く並んで演奏に耳を傾けていた姿がどうもピンとこない。

前田夫人から竹村さんに声が掛かったのが、もっと後のことで、その時竹村さんはまだ何も知らなかったのか。

お二人が、五世露友の襲名により袂を分かつまで、あまりに時間が短過ぎる。

私の記憶では、それは昭和二十九年のことだったような気がしている。

昭和三十年の五月の末に、私は長年患っていた肺結核が悪化して都下の病院に入院、手術して二年半にわたる闘病生活を送った。

昭和三十二年の秋、私が退院して来た時は竹村さんは既に隠退されていたので、ごく自然に私はやな師の許に通うことになった。

稽古は専ら荻江節だったが、河東節は「助六」だけはやっておいた方がいい、といわれて「助六由縁江戸桜」を一曲だけ教えて頂いた。

昭和三十四、五年頃のことだったと思う。五世露友師はやな師にも、自分の方へ来るよう声を掛けて来たようで、露友師が荻江節だけでなく、河東節も自分の傘下に入れたいと考えておられたのか、どうかはわからないが、露友師側に来てくれたら、佐橋章師の河東節の名、山彦八重子を継がせるといわれて、やな師は大いに迷っておられたようだ。

やな師は、師匠の佐橋章師を「姐さん」、「姐さん」と呼んでまるで神様のように尊敬し、慕っておられたから、その山彦八重子の名跡を襲名できるということはやな師にとっては願ってもないことに違いなかった。

この頃、私達弟子連中はたびたび、緊急召集されてやな師の相談を受けたが、我々に妙案があるはずもなかった。たぶん、やな師は一人で悩んでいて不安だったのだろう。

昭和三十五年は、「助六由縁江戸桜」開曲二百年後に当たり、古曲会主催の古曲鑑賞会の昼夜の部、それぞれの最後に「助六」が演奏されたが、唄は男性五十六名、三味線は女性で三十三名、真ん中に三味線の女性を挟み、左右に二十八名ずつの男性で、総勢約九十名が四列の雛壇に並んでの大演奏だった。著名人の方々も数多いが、全部の出演者の名を挙げていられないので、最前列の人達の名前だけにしておくが、それでも、当日の豪華なメンバーの想像がつくと思う。

（向かって左側、三味線の脇より）山田抄太郎、伊東深水、船橋聖一、小菅千代市、三宅藤九郎、池田弥三郎、遠藤為春。

（右側、三味線の脇より）馬杉秀、木下茂、花岡俊夫、岩村豊、安藤鶴夫、岸井良衛、斉藤恒一。

（三味線、向かって左より）水原玲子（新橋美代菊）、横溝マサ（赤坂笹川）、小林清子（都一中）、飯箸文子（山彦河良）、水野初（宮薗千寿）、渡辺やな、永井静子（新橋五郎丸）。

この「助六」について、田中青滋先生は当日のプログラムの中に「世紀の演奏　助六大合唱」と題して一文を書いておられるが、その初めのところに次のようにある。

「宝暦十一年（1761）から今年、昭和三十五年（1960）は二百年になる。助六大合唱といふ途徹もない企画は、その作曲二百年記念といふところから持上った。

それには古曲を理解し、擁護してくれる人々の層に呼びかけるより他に手はない。現在河東節だけで五十人は集まりやうがないからである。そこで一中三派、宮薗二派、荻江と各流にはかると欣然これに参加を快諾してくれた。古曲一家の有難味、今度ほど身近に感じたことはない（以下略）」

どうも、この「助六」の大合唱は、二年後に行われた、この当時海老様といわれて人気絶頂の役者、市川海老蔵の團十郎襲名を睨んでの前哨戦ではなかったか、と思われる。

團十郎の襲名には歌舞伎十八番の「助六」が必ず出る。それには河東節連中が出演する。襲名披露公演は東京ばかりでなく、名古屋から京都、大阪で行われる。そのためには河東節連中として、ある程度の人数の確保が必要、と考えてのその準備の布石だったのだろう。

ちなみに、昭和三十四年の名簿によると、河東節の男性の名取り（本名取りのみ）は二十六名しかいない。手許にある平成十一年度の古曲会の名簿に載っている河東節の男性本名取りの数は奇しくも同じ二十六名である。

出演者が河東節のプロの芸人ばかりであれば、ほんの一握りの人数で事足りるのだろうが、二十数名の素人集団では、それにかかり切りになれない事情もあって長期間の興行は無理である。

そこで、助六名取りという、「助六」一曲だけ覚えて出演してもらう河東節連中が必要となるわけである。

助六名取りという言葉がいつ頃出来たのかは知らないが、同様のことは昔から行われていた。しかし、その実体はかなり変わってきているようだ。

第十四章　古曲鑑賞会(八)　続、渡辺やな師

河東節をやる人達の数は十九世紀以降、減少し続けて、しかも、川柳などで見ると、その多くは老人になっていたようである。

『藤岡屋日記』の弘化三年（１８４６）のところに出ている『贅沢高名花競』という見立番付に「蔵前河東連」とあるのは札差連中を指していて、どうやら幕末の助六の芝居は彼等が中心となって十寸見連を形成していたものと思われる。

もちろん、素人ばかりの集団ではどうにもならず、そこは金にまかせて取り巻きの芸人達を動員していたらしい。

明治二十九年（１８９６）五月、歌舞伎座の九代目團十郎の助六の時、九代目團十郎は四回、「助六由縁江戸桜」を演じているが、最初は幕末の文久二年（１８６２）、明治になってからは、明治五年と明治十七年、そして、この四度目の助六が團十郎最後の助六となったのだが、この時、平岡大尽といわれた平岡吟舟は、やはり取り巻きの清元の弥生太夫と魚見太夫、長唄の伊十郎、孝次郎、喜代八などに河東節を急稽古させて、河東節連中として一緒に出演させている。

明治の終わり頃には、前出の山彦秀翁の花柳界の弟子達が成長して、その後各自、自分の土地の芸妓達を指導して、やがて十寸見連を作って出演するようになるのである。

大正から昭和の戦前にかけて、赤坂、新橋、下谷の芸妓連による河東節連中が歌舞伎の助六の芝居を支えた。

このことは、この稿の（二）、「古曲への案内」の中の「古曲は現在どうなってゐるか」に出ているのだが、その紹介のところで、「一般的にあまり知られていないことも書いてある」とちょっと断わっておいたのはこのことである。

花柳界の連中が出演するようになったのは十五代目羽左衛門が助六を演ずるようになってからだというが、最初からグループを作って出たわけではなく、他の出演者に混じって出たということである。

美男で有名な十五代目羽左衛門の初助六は明治三十九年（１９０６）五月の歌舞伎座だが、この時に何人かの芸妓が出演したようである。

昭和十年代の話だと思うが、渡辺やな師によると、羽左衛門は各花柳界の河東節連の中で、下谷が一番いい、といっていたそうである。

「妾が若い妓を大勢集めて出たからよ」とやな師はいっていたが、山彦さわ子（高橋さわ子）師の話では、「その頃、橋屋の彼女が下谷にいたからですよ」だそうだ。

松菊という妓だったという。

やな師が前田さん（露友師）から誘いを受けて悩んでいた頃だったと思うが、人気役者の市川海老蔵は團十郎を襲名できない、という噂が世間に流れて、週刊誌にも取り上げられて話題になった。

その理由は菊村さんと前田さんの確執だった。このお二人は前田さんの五世露友襲名以来、相反する立場にあった。

菊村さんは名実共、芸界のトップにあって大臣や財界のお偉方も一目おく実力者で、菊村さんが首を横に振ったら芸界では何も出来ない。

一方、露友師の前田家と成田屋一家は海老蔵の養父の三升以来、親密な間柄にあり、一方を立てれば一方が立たないという、確かに難しい状況にあった。

海老蔵の團十郎襲名の機運が高まる中、我々末端の者にはわからないところで着々と話が進められていたようで、とにかく、襲名ということでお二人の了承を取りつけ、昭和三十七年に海老蔵の團十郎襲名が実現する。

一方、やな師は散々悩んだ末、露友師の方へいく決心をする。山彦八重子の名がどうしても継ぎたかったようである。

平成の今、私の手許に二本の扇子がある。

一本は山口蓬春画の桜、もう一本は橋本明治画の桔梗で、扇面の裏側には、いずれも「二世　山彦八重子」の文字が見られる。

これらは山彦八重子襲名の為に、やな師が用意されたものだったが、ついに使われることがなかった。

というのは、結局、やな師は露友師の許へは行かず、山彦八重子を襲名することもなく終わったのだった。

扇子、手拭など引出物まで手当ずみであったにも拘らず、どういう事情でそうなったのか、について直接やな師から聞いたわけではないが、十寸見会がそれこそ必死になってやな師を説得して前田さんの側へいくのを阻止したものと思われる。

やな師が前田さんの傘下に入るということは確言すれば、敵方につくことで古曲会を抜けることになる。

まして、山彦八重子の襲名となれば河東節の名であり、今まで荻江節だけの問題であったものが、今度は河東節まで波及して十寸見会まで同様なことになりかねない。

古曲会、十寸見会が危機感を募らせたのもうなずける。

それればかりでなく、やな師が脱会するということは下谷の河東連がなくなることになりかねない。そうなると、團十郎襲名を控えた十寸見会には大きな打撃である。

また、昭和三十四、五年頃には、山彦秀翁の教えを受けた河東節の師匠連の多くは亡くなり、次世代の人達の時代になっていた。

十寸見会の主流は菊村さんをトップにして三代目山彦紫存（加藤いね）師、六代目山彦河良（飯箸文子）師などを擁する新橋だったが、大きく分けると、山彦秀子（片山ふさ）師の系統の新橋、赤坂、山彦八重子（佐橋章）師の系統の下谷、それに山彦栄子師の系統の新富派、新富派は栄子師が柳橋の船宿、藤岡の娘だったことから藤岡派ともいったが、これら三つの系統があった。

山彦秀翁から、その直弟子、孫弟子と世代交替があった中で、秀翁が江戸時代から伝承してきた曲も次第に失われたものも多く、三系統の各グループに残っている曲もそれぞれ、まちまちになっていた。

十寸見会では、会として現存の曲をなんとか残そうと、自分のところにない曲は他の系統のところから取り入れることが出来るよう、三派の交流を図った。

私の記憶では、「鑓《やり》をどり」は藤岡派に残っていた曲で、「弓始」、「江戸鴬」などはやな師が御存知の曲だった。

他にもいろいろ、やな師から聞いたのだが、残念ながら失念してしまった。

その頃、藤岡派の代表だった千葉不二子師が「傀儡師《かいらいし》」を習いに、やな師の稽古場に暫く通ってみえていたのを覚えている。

こうした状況下で、やな師が前田さんの方へいくと云い出したので、十寸見会では慌てて引き止めにかかったのだった。

何しろ、既に引出物などまで用意していたやな師の決心を変えさせるのは大変だったと思うが、とにかく、やな師は山彦八重子襲名を諦め、十寸見会に残った。

上の方でどういう話し合いがあったのか、末端の我々にはわからなかったが、今となっては真相は全く闇の中である。

昭和三十七年に海老蔵が團十郎を襲名。

東京の歌舞伎座を皮切りに、京都、大阪、名古屋と翌年まで襲名披露興行が続いたが、それが一段落した昭和三十八年の秋、美術倶楽部で、「山彦やな子の会」が開催され、新橋をはじめ、十寸見会挙げての大会となった。

その会が、どうやらやな師が山彦八重子襲名を諦めたことに対する十寸見会の見返りだったようだ。

それまで、「助六」以外、荻江節しか習っていなかった私に、やな師は、

「今度は河東節の会なので、河東節をやってほしい」

といった。曲目はやな師が選んでくれた。私は「きぬた」をやることになって稽古に入った。

「山彦やな子の会」を開くにあたって、新橋の方々に全面的にお世話になる御挨拶として、三代目山彦紫存師と山彦河良師のお二人をお招きすることになった。

場所は上野の「山下」だった。「山下」は今はもう無くなってしまったが、やな師がいつも温習会で使っていたところで、弟子の我々にはお馴染みの料理屋だった。

やな師は、その席に私も出てくれ、といった。話を聞くと、招待する側のやな師の方は、やな師と私の二人だけだという。私のような若造が弟子の代表として出ていってもよいものか、どう考えても任が重く、大いに悩んだが、幸い東北タンク社長の横内忠兌氏（十寸見東雪）が一緒に出て下さることになってホッとした。

紫存師は、荻江は私と同じ竹村さんの弟子で、稽古場で何度かお目にかかっていたが、河良師は、私の方ではもちろん存知上げていたが、お話したのはその時が初めてだった。

私以外の四人の方々は皆、今は故人になってしまわれた。四十余年前の話である。

やな師や横内氏については、個人的には書き切れない程の思い出があるのだが、切りがない上に主題から外れてしまうのでこれまでとして、一応、この稿はこの辺でまとめさせてもらうことにする。

美術倶楽部の「山彦やな子の会」は大盛況裏に無事終わった。私は「きぬた」をやな師の三味線で唄った。

翌昭和三十九年は東京オリンピックの年で、それに合わせて十月の歌舞伎座では「助六由縁江戸桜」が出た。それが海老さまといわれた十一代目團十郎の最後の助六となった。その助六に私はやな師と一緒に出演した。

平成十八年の現在、一時盛んに活動していた露友師の真守会も、露友師没後はすっかり影をひそめてしまい、今は唯一人、竹村さんの御養子の二代目寿友師だけが、古曲会にも属さずに孤軍奮闘されている。

古曲会の方の真茂留会も、いつの間にか、元の荻江会に戻り、無形文化財のグループ指定を受けているが、昔のような活気は残念ながら今はない。

一方、河東節十寸見会の方は、昭和六十年の十二代目團十郎の襲名以来、昔と形は違っても安定した河東節人口を維持しているのは喜ばしいことである。

＊＊〔追補〕

明治三十九年の歌舞伎座、十五代目市村羽左衛門の初助六の時の河東節出演者について、『近世劇壇史』（木村錦花著）に次のようにある。

「河東節の太夫は蘭洲、吉野、二長、鳳軒、魯文、飄洲、調佐、可抱、東甫、吟洲、一阿、三周の諸子にて、家元秀翁、藤岡栄子、三味線は芸妓及び素人の婦人を加えて十二人」

と出ている。

吟洲が平岡吟舟である。

第十五章　梅花譜(一)『梅暦』

私は梅が好きだ。

植物も動物もただじっとしてひたすら春を待っている厳寒に、小さな花を咲かせて馥郁《ふくいく》と薫る梅は、春の使者であり、梅の香りは春の便りといえよう。

冬に咲く花といえば、山茶花がある。

かなり以前のことになるが、京扇堂の斎木隆三さんに連れられて大徳寺を訪れたことがある。

大仙院をはじめとして二十一あるという塔頭のいくつかも拝観して廻ったが、楊貴妃と名付けられた有名な山茶花の木がある龍源院にも行った。

二月のことで、その日は好天に恵まれたが、前日に大雪が降った後だった。

庭は一面の雪で、その中に山茶花の木が一本と石燈籠が一基立っているだけだったが、真ッ白な雪の上に赤い花びらを片々と散らして立つ山茶花は、楊貴妃の名に相応しく美しかった。

その凛とした姿は今でも脳裏に焼き付いているが、それでも、山茶花と梅とどちらが好きかと訊かれたら、私はやはり梅と答える。

厳しい寒さの中、他の花に先駆けて咲く梅の花は、その香気と共に可憐で美しく、健気な感じがする。

花の美しさや香りだけを取り上げていえば、梅に優る花も多いが、一年中で一番寒い時季に馨しい香りを漂わせて咲く梅は、逆境にめげることなく敢然と立ち向かっていく人間の姿に置き換えて共感を覚えるのかもしれない。

また、仄かに薫る梅の香りは清雅で、俗とは一線を画した上品さが感じられる。

不生禅で知られる盤珪禅師は梅の香を聞いて大悟したという。

禅師は若い頃、諸国を廻って何人もの師に付いて修行したが、どうしても悟りを開くことが出来なかった。二十四歳の時、重い病気に罹った禅師はすっかり憔悴して意識も朦朧とした瀕死の状態になって、突然、今までの胸中に渦巻いていた苦悩が急になくなっていくのを感じた。朝になって、顔を洗い口を漱ごうとした時、風が梅の香りを運んできた。

『盤珪《ばんけい》禅師行業曲記』に、

「一朝出て盥漱《かんそう》するに当たりて、微風梅香を襲ふ、恍然として大悟す、桶底の脱するがごとし」

とある。まさに、梅香に相応しいエピソードといえるだろう。

小西来山の句に、

「三味線も小歌ものらず梅の花」

とあるのは、梅は俗なものとは合わない、といっているのである。

『宗安小歌集』に、

「梅は匂ひよ　花は紅　人は心」

隆達節の小歌の文句に、

「梅は匂ひよ　木立はいらぬ　人は心よ　姿はいらぬ」

やはり、梅の花というと、どうしても花の美しさよりも香気が優先してしまう。

梅暦という言葉がある。

梅の花で春を知ることだが、梅暦といってすぐ、思い浮かぶのは為永春水の人情本、『春色梅暦』（『春色梅古誉美』とも書く）である。『梅暦』は丹次郎という主人公を巡る女達の義理人情の葛藤を書いた物語で、その後、春水は『春色辰之園』、また『梅暦』の前篇とでもいうべき『春色恵之花』を出したが、さらに『英対暖語』、『春色梅美婦禰』と『梅暦』の続篇を次々に刊行して、人情本の第一人者となるのである。

これらの作は、今ではまとめて『梅暦』と総称しているようだ。

永井荷風は「為永春水」という一文を書いているが、その中で、

「私は春水の佳作中でも辰之園の此末節を以て最絶妙の処となしている。かくの如き一齣一段の佳処、断片的なる妙趣は読後の際屢文筆専攻の人のみならず、厳格なる読書士をも感動せしめ、人物脚色共に千篇一律の弊あることを忘れしめ、知らず知らず全篇を読了せしめる」

といっている。文中にある「辰之園の末節」を説明する為に、その内容を要約すると、以下のようになる。

『辰之園』は、題名からもわかるように深川（作中では、婦多川ともいっている）芸者の米八、仇吉と丹次郎の三角関係が主題になっている。

二人は最初、周りの者が心配する程、互いに丹次郎を張り合うが、勝ったのは米八である。その後、仇吉は重病に罹り、借金取りに責められるようになる。仇吉の窮状を知った米八は彼女を尋ねて行って、その面倒をみてやる。仇吉は病気が治ってから、彼女を見舞いに来た丹次郎と会い、男の誘うままに、世話になった米八に悪いと思いながらも男の言いなりになって、やがて子供を身ごもる。仇吉は恩を受けた米八に申しわけないと一途に思いつめて、置手紙を残して行方知れずになってしまう。

「この物語の結末は極めて簡単に叙述せられてゐるのが却て一層の哀愁を催さしめる」（「為永春水」）

荷風のこの文だけ読むと、『辰之園』は仇吉が身を隠したところで終わっているように取られるかもしれないが、実はこの後の最後の章で、ふとしたことから仇吉とその子（女の子）の行方が知れ、めでたし、めでたし、となっているのである。

荷風はさらに続けて、同文中にある「一齣一段の佳処、断片的なる妙趣」の例をいくつか挙げているが、その最初に『恵之花』の小梅の百姓家での米八と丹次郎の逢い引きの場が出ている。

丹次郎が米八をからかった後、米八の体を引き寄せようとすると、

米「アレサマア私もお茶を呑むはね」丹次郎の呑みかけし茶をとってさも嬉しそうに呑み、また茶をついで二口三口呑み、歯をならしてふくみし茶を縁側より庭へ吐き出し、軒端の梅の莟をちょいと三つばかりもぎりて噛みながら、丹次郎の側を少しはなれて寝ころぶ（『恵之花』）

米八が梅の莟を口にふくむところが何ともいえず艶冶《えんや》で魅力的である。

吉井勇は『東京紅燈集』の中で、この場面を、

「米八が梅花を口にふくみたるくだり思へば老を忘るる」

と詠んでいる。

昔、ラジオで江戸文学の話をしていた先生（暉峻康隆先生だったかもしれない）が、江戸文学に出ている好きなシーンを三つ挙げろ、といわれたら、真っ先にこの『恵之花』の米八が梅花を口にふくむところを挙げるといっていたのを覚えているが、誰もが心を打たれる名場面といっていいのだろう。

その江戸文学の先生は、あとの二つは挙げなかったのでわからないが、私ならどうするか考えてみた。

浅学の私が選ぶのだから、ごくありふれた作品の中ということになるが、まずは、京伝の洒落本『傾城買四十八手』の中の「しっぽりとした手」の中のシーンだろうか。客のムスコと女郎が床の中に入っている。女郎は昼三という高位の遊女で、ムスコは初めての客である。女郎はムスコを好いたらしいと思っている。暗い部屋の中、吸い付け煙草の火明かりでムスコの顔をつくづくと見て、見ぬふりをして自分が一服のみ、また吸い付けてムスコにやる。

このシーンは、あとの「評」で、京伝は『源氏物語』の「蛍の巻」を付会したといっている。

『源氏物語』で、兵部卿宮が源氏の放った蛍の光に照らし出された玉鬘の美しい顔を見て恋のとりこになる場面をとり入れたというのである。いわなければいいものを勿体つけた感じで、知ったかぶりが鼻につく。しかし、この場面は小唄にも出てくる。

「二人が仲をお月さん、それと粋なるおぼろ影、吸い付け煙草の火明かりに、話も更けてぞっと身に、夜寒むの風のしみじみと、焦れったいよも口のうち」

ここまで書いてきて、残る一つをどうするか迷ったが、小唄が出てきたので、もう一つ小唄を挙げることにした。

「羽織着せかけ、行く先尋ね、すねて箪笥を背なでしめ、ホンにあなたは罪な人」

最後の「ホンにあなたは罪な人」という文句をとり除けば、七七七五の都々逸調になり宴会などでも都々逸としてよく唄われているようだ。

昨年亡くなった作家の吉村昭さんがこの唄を好きだったので、取り上げることにした。

吉村さんは三味線の唄は都々逸以外唄ったことがなかった。私が学生時代から邦楽をやっていたので、私の前では遠慮していたのかもしれないが、酒席で興がのると、「羽織着せかけ」を唄ってくれないか、と私によくいった。私は弾き語りで何回か、やったことがある。

吉村さんは、「羽織着せかけ」の唄の文句の「すねて箪笥を背なでしめ」のところを、はじめは「背撫でしめ」と思っていたようで、私が「背な」は単に背中のことだと説明すると、「背撫でしめ」という表現がなかなか味があって面白いと思っていたんだが、といっていた。

梅の主題から少し外れてしまったが、次章は江戸の梅の名所に話を戻すことにする。

第十六章　梅花譜(二)　梅屋敷と百花園

江戸時代、江戸で梅の名所として有名だったのは亀戸の梅屋舗である。

亀戸の百姓、喜右衛門という者の宅地内に見事な梅林があり、俗に梅屋舗と呼んでいた。場所は亀戸天神の東北四丁（三丁とも）程のところで、梅林の中に臥竜梅という名木があった。臥竜梅と命名したのは水戸光圀というから、かなり古くからあったようだ。

享保九年（１７２４）、徳川吉宗が狩猟の途中に立ち寄って賞美し、代継梅と名付けたという話も残っている。『江戸名所図会』には、臥竜梅について、「その花一品にして重弁潔白なり。薫香至って深く、形状宛も竜の蟠り臥すが如し。園中四方数十丈が間に蔓りて、梢高からず。枝毎に半ばは地中に入り、地中を出でて枝茎を生じ、何を幹ともわきてしりがたし。しかも屈曲ありて自からその勢を彰す。仍って臥竜の号ありといへり」

とある。

この臥竜梅は歌川広重が『名所江戸百景』の中で、『亀戸梅屋舗』と題して板画にしているので、幕末の名木の姿を今も目にすることが出来る。（屋舗は屋敷と同じなので、以下屋敷と書く）

また、この板画は、ゴッホが『咲きほこる梅の木』と題して模写していることでもしられている。

文化元年（1804）の頃、向島に新梅屋敷というものが出来る。造ったのは佐原鞠塢という者である。

鞠塢は当時、既に有名人で、多くの人々が鞠塢について書いているが、ここはオーソドックスに関根只誠翁の『名人忌辰録』から引用させてもらうと、

「梅屋鞠塢、平兵衛　本姓佐原氏向島百花園の開起人なり天保二卯年（1831）八月廿九日歿す年七十浅草阿部川町稱念寺塔中観名寺に葬る　鞠塢は仙台の人平八とて若年にして江戸に来り堺町芝居茶屋和泉屋勘十郎の雇人となり平蔵と改む貯財して享和初年住吉町に骨董店を開き北野平兵衛と改稱し諸大家に立入り大いに利潤を得て長谷川町に転居す日々茶人文墨の名家つどひて益々賑はへり文化七年（1810）一会を催し道具市せり売と名付く賭博に紛敷とて忽ち御咎をうけ所払の刑を申付らる依て家を子に譲り其身は菊屋卯兵衛と改め中の郷にひそみ菊卯といへり翌年秋剃髪して鞠塢と名乗り同九年諸先生の恵により寺島村の田地を二千余坪買求めて開拓し広庭とせり諸大家より梅樹を三百六十本恵まれ外に秋草を添へて園地とせり是を百花園とも新梅屋敷とも云ふ五代目白猿芭蕉の句をもじりて戯れに［山師来て何やら栽ゑし隅田川］」

先に、新梅屋敷の開園は文化元年頃と書いたが、これによると、文化九年となっている。

細かい考証は煩瑣にわたるので省略するが、坂田篁蔭の『野辺白露』によると、この御咎をうけたという道具市のことは、「梅屋敷開かざる以前の事なり」とあって、開園の時期については触れていないが、やはり文化の初年頃だったようだ。同書の続きに、御咎めを蒙ったが、その後、「其罪にあらずとて免されたり。然れども自ら住み馴れし地にも住みかねて――」、本所中の郷の片辺に潜み、菊屋卯兵衛と改名した、とある。

閑居した鞠塢は耕圃の業を興さんと、寺島村に武家抱屋舗の売り地三千坪（ここでは三千坪となっている）程を買って自ら鋤を負い、籬を造って花園とした、この地は豪族多賀氏の住居跡だったので、俗に多賀屋敷といった、という。

同書には花園とあって、特に梅園とはいっていない。

先の『名人忌辰録』の記述にそって補足すると、芝居茶屋和泉屋勘十郎の妻おすみは五代目市川團十郎白猿の長女で、七代目團十郎海老蔵の生母だった。和泉屋の雇人だった鞠塢は幼い七代目の子守をしたという。こうして、十年程の間に金を貯めて住吉町に骨董店を出し、北野平兵衛と名乗った。世人は俗に北平と呼んだが、世才にたけ文筆にも疎からず、当時の文人加藤千蔭、村田春海、亀田鵬斎、大田南畝、大窪詩仏、酒井抱一など諸名家の愛顧を受け、特に川上不白、千柳菊旦の紹介で諸侯旗本の邸にも出入りして大いに儲けたという。（『野辺白露』）

斎藤彦麿の『神代余波』に、

「葛飾郡新梅屋敷といへるは、亀戸の梅屋舗に対したる名にて、鞠塢がいまだ北野屋平八といひし時開きたるにて、いささか梅樹うゑたる頃、花見がてらに村田並樹、片岡寛光（いずれも歌人）とさんにんにて立寄りしに、北平いへらく、人数多とひ来べきはさくらなれど、散りての後は其かひなし。梅は後に実を結べば、活計の為に三百六十株うゑて、一日一株の料にあてんとすと。北平には似つかはしき慮なり」

とあって、鞠塢が根っからの商売人であることがよくわかる。

初めは梅園から出発した新梅屋敷は、やがて鞠塢や周辺の文人達の発想で、『万葉集』や『詩経』などに詠われた植物を集めたり、春秋の七草や牡丹、しゃくやく、菊、朝顔などさまざまな名花が植えられて、誰いうとなく百花園と呼ばれるようになった。文化七、八年頃という。

もっとも、梅は百花に先駆けて咲くことから百花園といったという説もある。

先の『野辺白露』には、いくつか面白いエピソードが出ている。

百花園では、園内の路を自然の野路のようにして、あまり手を加えなかったが、萩、薄、桔梗、尾花などがしどろもどろに打ち乱れた様子が、かえって文人墨客の物好きには綺麗に造り立てた花園より雅趣があると気に入られて、風流めかして花を見にくる人達で大いに賑わった。

ある時、大田南畝（蜀山人）が来て、入園の群集を見ながら鞠塢に尋ねた。

「ところで、茶代は一日いくら位、入るんだい？」

「ひやかしの客ばかりで、いくらにもなりませんよ」

「それじゃあ、掃除の費用にもならないだろう。私に考えがある。太い竹の空洞の筒を作って持ってきてくれ」

鞠塢がいわれた通りに太い竹筒を作って持ってくると、南畝は筆をとって、それに、

花を見て茶代をおかぬ不風流
これも世わたり高い水茶屋

と書付けて、

「これを四阿《あずまや》のはしらにかけて置きなさい」

といった。そのおかげで、入園者が多少の茶代をこの筒に入れるようになり、一日に

四、五貫文の収入になったという。銭四貫文で一両の時代だから、一日一両以上の茶代が集まったということである。（同書の注に、この狂歌は蜀山人らしくない、誤伝ではないか、とある。また、この竹筒は文政年間に何者かによって盗まれた、という）

園の門に、新梅屋敷と書いたのは蜀山人で、門の左右の柱に掛かっている聯は大窪詩仏の筆で、「春夏秋冬花不断東西南北客争来」（文政丁亥臘月、詩仏老人書）

文政丁亥は文政十年（１８２７）、臘月とは陰暦十二月の称である。

また、その頃、加藤千蔭も掛行燈に、「御茶きこしめせ梅干もさむらふぞ」と書いてやった、とある。

今の百花園の入口の門の上には、確かに「新梅屋敷」と書いた額があり、左右の柱には前出の聯が掛かっているが、それぞれ、蜀山人と詩仏の自筆のものか、よくわからない。

園内の茶屋に、「御茶きこしめせ」の掛行燈らしきものはあるが、字は千蔭とは似ても似つかぬものである。

五代目白猿の「山師来て」の句には思わず笑ってしまう。

五代目白猿とはもちろん、五代目市川團十郎白猿のことである。

五代目が鞠塢のことを本気でそう思っていたわけではないだろうが、身内の元雇人が大成功者となったことに対して、へえ、孫の子守をしていたあの男がねえ、と揶揄い半分、やっかみ半分で詠んだものだろう。

もじった芭蕉の句はいうまでもないと思うが、「山路来て何やらゆかしすみれ草」である。

墨東地域には、亀戸、向島の他にも、小村井、木下川など梅の名所が多く、時期になると梅見の客が押し寄せたようだ。

名木、臥竜梅は残念ながら明治四十三年の水害で枯れてしまい、亀戸の梅屋敷は今は無くなってしまったが、百花園は規模は小さくなったものの、今に昔の面影を僅かに伝えている。

第十七章　荻江節の作曲者(一)「六歌仙」

荻江節については何度か取りあげてきたので、委しいことは『せんすのある話』の「荻江節」、「荻江節拾遺」の章を見ていただきたい。

荻江節の現存曲は、新曲や既に曲節の失われた古い曲の歌詞に新たに節付けしたものなどを除くと、二十三曲が伝わっている。

これらを大別すると、次の三種類に分類できる。

(一)、荻江節のルーツである長唄系のもの。

(二)、天保の末年頃から、吉原の玉屋という大店に妓楼の主人、玉屋山三郎が吉原のはやり唄を作る運動を始めて、地唄をとり入れて作った地唄系のもの。玉屋の主は代々山三郎を名乗ったが、この山三郎は本名を山田清樹といい、花柳園と号した。

(三)、前記の(一)、(二)以外の荻江節独自の曲。

江戸時代にはまだ荻江節というものはなく、花柳園山三郎も荻江連中というものをこしらえて活動したが、それを荻江節とはいっていない。ただ、自作の唄本には「荻江嗣流」と書いている。荻江節となったのは、明治に入って飯島喜左衛門が四代目荻江露友を襲名して荻江節の家元となってからである。

花柳園山三郎は、地唄系以外の曲も荻江連中のために作っている。もちろん、節付けは誰かにやらせたのだろうが、作曲者は不明である。

四代目露友となった飯島喜左衛門は深川北川町の豪商で近江屋といったので、俗に近喜と呼ばれていた。近喜が四代目露友を襲名した経緯についてはよくわかっていない。

明治九年に襲名した時のお披きの曲が「四季の栄」といわれている。また、深川と由縁があることから「深川八景」も四代目露友の時代に出来た曲という。

こうした荻江独自の曲が（三）の種類になるわけだが、いい方を変えると、比較的はっきりしている長唄系、地唄系のものを除いた残りがすべて（三）ということになる。

現存曲の（一）類の中に、「喜撰」と「小町」という曲がある。

曲名から、すぐ六歌仙の唄とわかる。『荻江節考』（竹内道敬著）の曲目解説を見ると、京都大学文学部の穎原文庫に『六歌仙』というめりやす本があるとして、その表紙の写真が出ている。

私は古本市には今でもよくいく方である。

特にこれというアテがなくても顔を出す。

現役で働いていた頃にはなかなかいく暇がなかったが、経済的にはある程度余裕があったので、比較的高価な古書を求めることもあった。今は逆で、時間に余裕はできたが、欲しい本があっても我慢せざるを得ないことが多くなった。

最近、ある古書市で、この頃では珍しく長唄の正本類が山積みになっているのを見た。早速、中を調べて何冊か選んで買ってきたが、その中に、めりやす『六歌仙』があった。

下図は、その表紙であるが、『荻江節考』に出ているものと正に同じものである。

荻江露友と並んで出ている杵屋扇頂について、『荻江節考』では「未詳」となっているが、初代の杵屋弥十郎のことで、扇頂は弥十郎の俳号である。

初代杵屋弥十郎は杵屋新右衛門の門弟の三味線方で、前名を弥七といった。

弥十郎の師の杵屋新右衛門は、『長唄系譜』によると、作曲の名人と載って

いる。延享元年（１７４４）市村座の「高尾懺悔」初演の時、新右衛門は立三味線を務めているので、「高尾懺悔」は新右衛門の節付けかもしれない。

弥七が弥十郎となったのは寛延元年（１７４８）で、宝暦年間に活躍、大ざつま、めりやすに秀でていた、という。

手許にある資料では、宝暦元年（１７５１）市村座で二代目團十郎が「鳴神」を演じた時、大ざつまの立三味線に弥十郎の名がある。

『長唄系譜』では、弥十郎は新右衛門の門弟で名人だった、としている。

さて、『六歌仙』だが、その表紙に並んで出ている露友と扇頂の名の上に、「故」とあるので、この正本が出板されたのは二人の没後だということである。

初代露友の没年は天明七年（１７８７）というが、弥十郎扇頂の没年は不明である。二代目弥十郎を初代杵屋巳太郎が襲名したのは天明三年（１７８３）というから、『六歌仙』の刊行は天明七年以降となる。

めりやす『六歌仙』の歌詞は、遍照、小町、黒主、康秀、業平、喜撰（唄本は喜選となっている）の順に六曲が載っている。現行の「小町」と「喜撰」の文句は、『六歌仙』のものとほとんど同じであることから、これが元の唄であったことがわかる、と『荻江節考』に出ている。『六歌仙』の六曲のうち、どれとどれを露友と扇頂がそれぞれ作曲したのかはわからないが、少なくとも「小町」と「喜撰」は露友が作曲したので荻江に残ったと思われる。

荻江節の現行曲、「小町」と「喜撰」については以上で終わる。歌詞に、「荻の流れ」という曲についてであるが、この曲と荻江の入門曲である「短夜」と、荻江節には二曲の追善曲が残っている。

次に、「短夜」には「行く月さへも夏の月」とか、「去年《こぞ》の心を啼くほととぎす」、また「荻の流れ」には「去年の心を今ここに、うつす流れに夏の月」とあって、いずれも夏の頃に他界した故人の一周忌に作られたものとわかるが、故人の名は不明である。「荻の流れ」は初代露友の追善曲と云われてきたが、『荻江節考』では、「短夜」、「荻の流れ」とも、曲趣からみて幕末に作られたものではないか、としている。

「短夜」は普通の追善曲だが、「荻の流れ」の方は、最後のところに、「好める人の植置きし、蓮の浮葉の青々と、栄えをみよや、花のうてなに」とあって、確かに、何か荻江節の家元的人物を想像させる文句で結ばれている。

その故人が初代の荻江露友でないとすると、考えられるのは、四代目露友か、荻江の中興に力を尽くした花柳園山三郎のどちらかである。

花柳園山三郎の没年は不明だったが、故川崎市蔵先生が晋永機の『万延年中京上がり日記』の中に、永機が旅先で花柳園山三郎の訃報に接した記事を見付けられ、その忌日が万延元年六月二十五日と判明した。

四代目露友が死んだのは明治十七年六月十日（二十三日とも）で、二人とも陰暦、太陽暦の相違はあるが、歌詞の夏という季節に合っているので、これからだけでは判別できない。

四代目露友については前にも書いたように不明なことが多いのだが、晩年についても、かつて大金持ちで金に不自由しなかった頃の浪費癖がやまず、米沢町の自宅も手放し、太鼓持ちになったという説もある程で、かなり落魄れた状態になっていたことは確かなようである。

四代目露友の死後、未亡人のいくは柳橋で「守竹家」という芸者置屋を営みながら、自分も政吉という昔の名で左褄をとる傍ら、荻江を教えていたという

そんな状態で、いくが亡夫のために「荻の流れ」のような曲を作って一周忌の法要を催したとは考えにくい。

というわけで、私は「荻の流れ」は花柳園山三郎の追善曲ではないかと思っているのだが、どうだろうか。

もう一つの追善曲「短夜」だが、確かに荻江に関係ある人物のために作られたものに違

いない。

そこで、ふと頭に浮かんだのは川口お直だった。

お直が花柳園山三郎の荻江の運動に加わっていたことを『藤岡屋日記』の中で発見して『せんすのある話』に書いておいたが、「短夜」の曲趣から何となく女性的な印象を受け、もしかしたらお直の追善曲ではないかと思ったのだが、お直がなくなったのは弘化二年（1845）十一月二十六日で、残念ながら夏ではなく、私の見込み違いだった。

お直と荻江の関係については、次章に触れることにしたい。

第十八章　荻江節の作曲者(二)　川口お直

花柳園山三郎が新しい荻江を創る運動を起したのは天保の末頃と思われる。

前出の『荻江節考』に、弘化二年（１８４５）になって、それまで二、三人だった荻江姓を名乗る吉原の男芸者が急に六名に増えた、とある。天保十五年は十二月になって弘化と改元になったので、月が明ければ、もう弘化二年である。

また、同書では、山三郎は企画者であって、実際の演奏や作曲をしたのは荻江里八ではないか、としている。

里八は、清元は清元斎兵衛、一中節は菅野里八として活躍した人物である。

私が川口お直が山三郎の荻江の運動に一枚加わっていたのを発見したのは、幕末の見立番付を調べていた時で、『藤岡屋日記』の弘化三年（１８４６）三月のところに出ている『東都　贅沢高名花競』という番付の中である。『藤岡屋日記』には番付そのものが載っているわけではなく、その内容が箇条書きにしてあるのだが、その中に、

「橋場　古今まれもの　川口荻江唄」

と出ている。

橋場の川口といえば、お直の店であり、『せんすのある話』の第三十一章に料理屋の見立番付を載せておいたが、その西の大関にランクされている有名店だった。

お直については、『江戸落穂拾』第十一章にも書いておいたので、ここでは重複しないように補足しておくことにする。

五世清元延寿太夫の『延寿芸談』に、「川口なほさん」という項があり、お直のエピソードなどが載っているが、前に書いたことやあまり関係がないと思われることは除外して、次に挙げる。

「清元の中でもっとも大物とされているのは、「梅の春」と「北州」で、これは作が結構なばかりでなく、作曲は川口なほで実によくできている。なほは初め吉原の芸者だったが、後に忠七という者と一緒になり、両国薬研堀に洒落た留守居茶屋を開いた。この忠七の兄が諸侯へ出入りの大源という茶道具屋だったので、川口の料理屋では格別の食器を使用した。それで大そう評判になった。

そのうち、忠七が深川古石場にあった岡場所へ大津屋という遊女屋を開業し、大津屋古石と名乗って河東節や一中節を相当に語ったものという」（要約）

大津屋古石について、池田孤村（画家、酒井抱一の弟子）の門下、胝狐仙の著『諸芸小伝』に、「大津屋古石、深川古石場妓楼のあるじ、妻奈保。チクメイともまた鼻ともいう。

天保中没。夫婦とも中興の一奇人なり」と載っているとある。

「初代斎兵衛は腕がよかったので、新宿から連れてきて清元へつけたのはおなほで、太兵衛（二代目延寿太夫）が名人と言われるように偉くしたのもおなほである」

忠七がなくなったのは天保三年（1832）三月十四日で、お直が没したのは弘化二年（1845）十一月二十六日である。

享年は不明であるが、お直については前に書いたように、他の資料から七十歳位だったと推定される。

初代の斎兵衛は初め清沢萬吉といい、文政三年（1820）十一月に斎兵衛と改名、天保四年（1833）に隠居して斎寿と名乗った。天保の末年に没したという。

二代目斎兵衛は荻江里八が継いだ。里八は初め、荻江と一中節をやっていたが、後に清元延寿太夫（二代目）の許に入り、二代目延寿の目にとまって、初代斎兵衛が隠退した後を襲って二代目斎兵衛となった。

里八の斎兵衛は作曲の名人で、小唄にもその才能を発揮、「雪は巴」、「筆のかさ」など、名曲を残している。また、清元お葉が、「散るは浮き」、「あの花が」という小唄を作曲したとき、その替手をつけたのは里八だということである。里八の二代目斎兵衛は慶応三年（1867）に死んでいるので、前出の『荻江節考』に二代目斎兵衛とあるが、これは二代目の間違いではないだろうか。

お直が橋場へ移ってきたのは夫の忠七が亡くなった後のようである。

天保七年（１８３６）にお直が楓樹を数百株寄贈して向島の土手に植えたことを刻した石碑のことは、『江戸落穂拾』第十一章に館柳湾撰の碑文共々挙げておいたが、その碑文の冒頭に、「石浜酒楼主娼、姓川口氏、名那保」とあるので、その頃は既に橋場に料理屋を開業していたことがわかる。石浜は橋場辺りの古名である。

弘化四年（１８４７）八月の日付がある三升屋二三治の『貴賤上下考』の「川口おなほ」のところに、「今橋場に家残りて、養子忠七、川口の名を残す」とある。

お直は養子に亡夫の名を継がせたようだ。

前出の川口の名が載っている見立番付は安政六年（１８５９）板であるから、お直没後も結構川口は流行っていたものとみえる。

『延寿芸談』には、お直のエピソードがいくつか出ているが、その中の一つ。

「お直はその顔付と猫背であったことから猫という渾名だった。また、ひどい白髪だったため、その髪を染めたり化粧をするところを人に見られるのをひどく嫌って、身だしなみをととのえる時には一間を閉め切って、そこで化粧をした。

ある時、清元斎兵衛がなにかの用事があって川口へやってきた。

斎兵衛は小僧時代から常にお直のところに出入りしていたので、とあるので、この斎兵衛は二代目の里八の斎兵衛だと思われる。

斎兵衛は別に案内も乞わず、つかつかと奥の間に通ったが、お直の姿が見えないので、「お内儀さんは？」とお勝手へ訊きにいくと、女中が、「茶の間でなければ次の間でしょう」というので、次の間の襖をガラッと開けると、お直は一生懸命髪の手入れの最中だった。

斎兵衛はすぐ襖を閉めて、茶の間で待っていると、しばらくして、化粧をすませたお直が静かに襖を明けて、にゅうっと顔を出して、斎兵衛に、

「なんぞ見たか、見たであろう」

といったという。

猫という渾名のお直が、化け猫のセリフをそのままいったわけである。

それから、斎兵衛が、

「あなたもすっかり老い込みましたねえ」

というと、お直は、

「ふん！いつお前追い出したい」

といったそうで、偉い見識だったという（要約）

お直の弟子に清元延津賀という堀（山谷堀）の師匠があった。延津賀は、為永春水の『梅暦』にも実名で登場し、米八と仇吉の喧嘩の仲裁をしたりしている。

「ある時、長府の殿様、毛利元義公に招かれて、お直と延津賀が伺候し、一段語ることになったが、毛利家の奥女中が延津賀が酒好きなのを知っていて、気を利かせて茶の代わりに酒を出したので、延津賀は酔ってお直の語っている間に撥をとり落としてしまった。お直は怒って、持った扇で延津賀の頬を打った」

毛利元義は清元「梅の春」の作詞者といわれている。『江戸落穂拾』の「梅の春」のところに委しく記したので略すが、『延寿芸談』では、五世延寿太夫の聞いたところでは、と断わって、蜀山人が「北州」と同様に作詞し、お直が作曲したと伝えられている、とある。「また、お直と延津賀が大名の婚礼に招かれ、「北州」を演奏することになったが、「背中合わせの松飾り」という文句が、帰る、戻るなどと同様婚礼にふさわしくない言葉といわれ、即座に、「軒に賑わう松飾り」と語ったという」

お直と夫の忠七の墓は深川閻魔堂近くの心行寺にあるそうである。

忠七の兄、大源は伊藤源兵衛といったらしいが、源兵衛の二女、琴は松平不昧公の奥に勤めていたという。

お直には義理の姪にあたる。

不昧公とは茶人大名として有名な松江藩主松平治郷で、茶道具屋の源兵衛は松江松平家にも出入りしていて、その関係で娘を奉公にあげたものと思われる。

不昧公の父で先代藩主の松平宗衍は富本節の後援者だったが、不昧公は清元贔屓だったことは前に書いた。

初代延寿太夫の子で巳三次郎といった太兵衛は文化十三年（１８１６）十五歳の時に不昧公の御前で元服して栄寿太夫という名を与えられたが、そのように、松江の松平家と清元の家やお直の一族とは深い関係があったようだ。

大源の娘の琴は、後に河竹黙阿弥に嫁いだ。その娘が晩年の宇治倭文（都一静）の許に入門して一中節を習ったお絲である。

＊＊〔追補〕

『東都　贅沢高名花競』という見立番付の現物の一枚は三井文庫にあった。『藤岡屋日記』、『天言筆記』には『東都　贅沢高名花競』とあるが、現物の表題は『東都《とうと》　贅高名花競《ぜいたくこうめいはなくらべ》』となっていて、読み方は同じだが「沢」の字が入っていない。

第十九章　荻江節の作曲者㈢「松竹梅」他

お直が荻江節をやっていたということは、当然その作曲にも関わっていたと思われる。清元の名人といわれた太兵衛も存命中（安政二年没）で、清元全盛の時代、その代表曲ともいうべき「北州」、「梅の春」の作曲者としてのお直の技量を花柳園山三郎が黙って放っておくわけがない。

そこで、そのお直が節付けしたとすれば、当然名曲であろうし、名曲であれば現在も残っている可能性が高い。

そう考えて、すぐ思い浮かぶのは「松竹梅」である。

荻江節に「松竹梅」という曲はなく、「松」、「竹」、「梅」の三曲を総称して「松竹梅」といっている。

三曲はいずれも小曲だが、「松」は三下りでいかにも松らしく、品があって重厚に、「竹」は二上りで竹らしくすんなりと、また「梅」は三下りから本調子で、梅らしくちょっと色気を感じさせる手付けになっている。

三曲ともそれぞれにそれらしく、実にうまく出来ていて、作曲者の凡庸でない手腕が窺える。「松竹梅」がお直の作曲だという証拠はない。またそのようないい伝えもない。

お直が清元の「北州」と「梅の春」を作曲したというのもいい伝えだけで、有名な忍頂寺務著の『清元研究』では、「北州」についてはそのままお直の作曲としているが、「梅の春」については、文献がなかったとして、次のような清元延益きぬ師の談が出ている。

「私は餘り専断のやうなれど、北州も梅の春も同じ人の作曲であらうかと思ひます。北州には、「あら玉の霞の衣えもん坂」といふ句を二つに分けて、新玉といふ枕辞を上の句につけて、霞の衣から唄ひ出すやうに節付けがしてあります。これは多分新玉といふ枕辞を付けて唄へば浄瑠璃がダレて感じが悪いからでありませう。又梅の春の方は「若布かるてふ春景色」といふ句を、反対に若布かるてふで切て、春景色を下の句へ付けてあります。ただ若布かるてふでは辞の結びが付かないから、三味線の手で結びを付けて置いて、更に誘ひ出しの手で如何にも賑々敷春景色から陽気に唄ふ様に節付がしてあります。実に言ふに言はれれね妙味があるではありませんか。結局両方とも同じ趣向で中々人の及びも付かぬ名案であるから、同じ人の節付けであらうと推測致します」

これに続いて、島田筑波氏が最近（昭和五年頃）、雑誌『郊外』に大槻如電夫人が、「梅の春」は川口お直の作曲である、と清元延津賀から聞いているという話を発表されたと出ている。

荻江の「松竹梅」に話を戻すが、私のような者が聞いても実にうまく出来ていて、特に松竹梅のそれぞれの個性を巧みに表現し分ける技量は並外れていると思う。清元「梅の春」に於ける清元延益きぬ師のような専門家の分析が聞きたいものだ。以上が荻江の「松竹梅」をお直の作曲とする私の推測のすべてである。

引用した『清元研究』の記事について補足しておくと、大槻如電夫人のことは知らないが、如電（弘化二年生まれ、昭和六年没。享年八十七歳）は、幕末明治の洋学者で砲術家の大槻磐渓の長男で、和洋漢の諸学をはじめ芸能にまで通じていた学者として著名だった。

清元延津賀については前章でも触れたが、『延寿芸談』によると、お直の死後、吉原の仁輪賀の作曲をしたり、大名屋敷へ招かれたりしていた。弟子も三代目延寿太夫になった藤田屋繁次郎等、立派な弟子が八十人もいたという。しかし、明治の初年に延津賀はリュウマチに罹り三味線が持てなくなり、それを苦に世をはかなんで、明治十一年一月十七日に吾妻橋から隅田川へ身を投げて死んだ。

延津賀の墓は北千住の蓮城寺にあるという。

次に、同じく荻江の「稲舟」であるが、この曲も素性がいまいちはっきりしない。

山東京伝の『江戸生艶気樺焼』に、めりやすの題名をずらっと並べたところが出てくるが、その中に「いなふね」がある。

しかし、「いなふね」という題名だけで文句が出ていないので、現存の「稲舟」と同じ曲なのか、どうか、わからない。

歌詞が同じであれば、めりやすである可能性が高いが、今のところ、「いなふね」というめりやすの文句は見つかっていない。

現存の「稲舟」は、夜もすがら恋しい男のことを思い続けて寝もやらぬ女心を詠い込んだ情緒纏綿たるもので、曲趣からしてそう古いものとは思えない。なにか歌沢的な雰囲気さえ感じさせる唄である。

この「稲舟」をとりあげたのにはわけがある。

それは、「稲舟」の「ねてもねられぬ床の内」という文句の後にある合の手で、この手が「荻の流れ」の「曙や　蓮にたもちし露の身の　エエ憎しい夜嵐に」の後の合の手と、比較的長い手なのだが、最初の部分が全くといってよい程、同じなのである。

これは作曲者が同一人であるとも考えられるが、或いは単に偶然だったのかもしれない。

私の推論を先にいってしまうと、「稲舟」は花柳園山三郎の作詞ではなかったかと思うのである。

この稿の初めに、「荻の流れ」は花柳園山三郎一周忌の追善曲と推定した。

ここに掲げた図（筆者蔵）は、安政五年（1858）の吉原仁輪賀（仁和賀、仁輪加などとも書く）の番組中の荻江連中の出し物、「花柳《はなやぐや》春日《かすが》廼《の》神楽《かみがく》という曲の歌詞の冒頭の部分である。「荻江嗣流　山田清樹曲節」とある山田清樹とは花柳園山三郎のことで、『安政文雅人名録』に、「心法清樹　名直温字楽道　号好文堂又歌山堂新吉原江戸町一丁目玉屋山三郎」と載っていることは前に書いた。（『せんすのある話』第十三章）「山田清樹曲節」とあるが、山三郎が実際に節付けしたとは考えにくい。しかし、彼は文才もあったようであるから、作詞はやったに違いないと思っている。

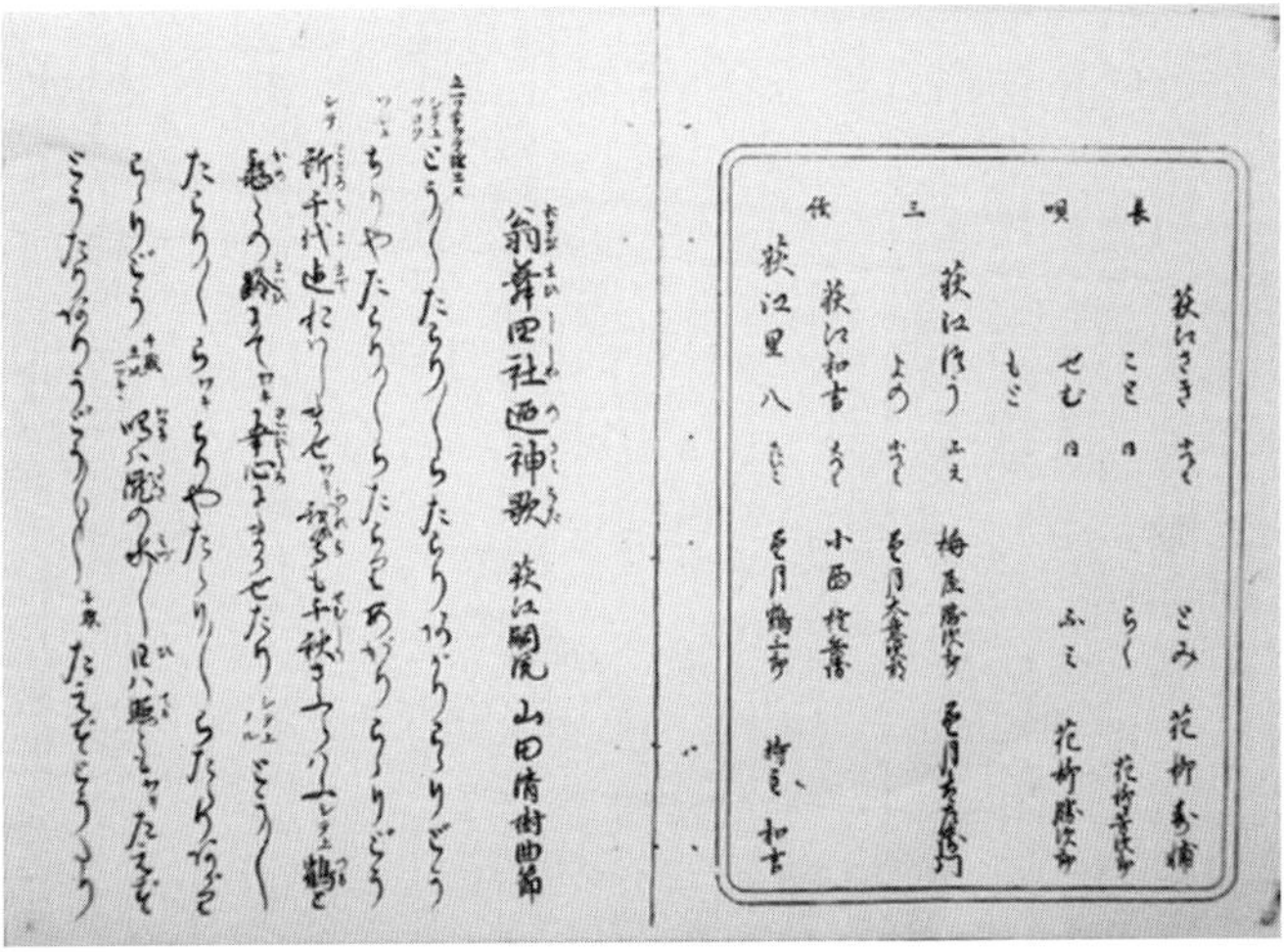

持って廻ったいい方をしたが、「稲舟」は山三郎の作詞で、吉原などでは比較的よく唄われていたので、作曲者（誰だかわからないが）が山三郎の一周忌の追善曲にその一部（合の手）をとり入れたのではないか、と思うのである。

そうなると、花柳園山三郎が死んだのは万延元年であるから、「荻の流れ」はその翌年、文久元年に作られたものとなる。

以上述べてきたことは殆ど推測であって、確たる裏付けに乏しい。

近いうちに新事実が発見できることを期待しつつ、この稿を終える。

第二十章　榎本其角(一)「やみの夜」の唄

歌舞伎十八番の「助六由縁江戸桜《すけろくゆかりのえどざくら》」で、揚巻が花道から登場する時に、下座が「やみの夜に吉原ばかり月夜かな」という唄を演奏する。

この唄の文句は其角の句である。

句はやみ夜の句で、世間一般はやみ夜なのに、吉原ばかりは灯りが煌々とついていて、あたかも月夜のようだ、というのが普通の解釈である。

この其角の句は彼の『五元集』という句集に載っている作品で、その『五元集』では前出の句は、「やみの夜は吉原ばかり月夜かな」となっている。

下座唄では「やみの夜に」とあるところが、「やみの夜は」となっていて、「に」と「は」が一字違っているのである。

いま仮に、「やみの夜に」とある下座唄の方の句をAとし、「やみの夜は」となっている『五元集』の方をBとする。「やみの夜も」と出ている本もあるが、これはA'と考えていただきたい。

AやA'では、この句は完全にやみ夜の句であって、動かし難いが、Bとなると、別な解釈も出来るのである。

それをいい出したのは幸田露伴で、露伴にいわせると、其角がそんなありふれた句を詠むはずがない、というのである。

露伴の解釈は、これは月夜の句であって、灯りをともす必要もない程、明るい月夜なのに、吉原ばかりはあたかもやみ夜のように煌々と灯りをつけている、ということで、AやA'とは全く正反対の意味になる。

つまり、「やみの夜は」で切り、「吉原ばかり月夜かな」とすれば、Bの解釈もAやA'と同じになるが、「やみの夜は吉原ばかり」で切ると、「月夜かな」で月夜の句になってしまうのである。

これが、「に」と「は」のたった一字の違いで生ずるのだから、「てにをは」の使い方は恐ろしい。

この其角の句については、古句に「やみの夜は松原ばかり月夜かな」という句があり、それをふまえて其角が詠んだともいわれているようだ。

この句は月夜の句で、世間一般は月夜で明るいのに、松原ばかりは繁った枝が月光を遮ってしまうので、中はやみの夜である、という解釈で、その反対は成り立たない。

つまり、「やみの夜は松原ばかり／月夜かな」であって、「やみの夜は／松原ばかり月夜かな」では意味が通らないわけである。

其角について人名事典には、榎本其角で載っているものと、宝井其角で出ているものとある。

手許にある文化十三年（1816）板の『俳家奇人談』には榎本其角とあり、次のように出ている。

「榎本（母方の姓、後改姓宝井）其角は、竹下東順が子なり。いまだ源助たりし時は、神田お玉が池に住せり。儒を寛斎先生の学び、医を草刈何某、詩を大巓和尚、書を左玄竜、画を英一蝶に伝はりて、多能なり。いつの頃よりか蕉門に入りてその冠首《かしら》たり［中略］その性《うまれつき》たるや、放逸《やりばなし》にして人事にかかはらず、常に酒を飲んでその醒めたるを見る事なし［以下略］」

儒を学んだ寛斎先生とは服部寛斎のことである。

山東京伝の『近世奇跡考』に「榎本其角の伝」が載っているが、それによると、其角が生まれたのは寛文元年丑年七月十七日で、没したのは宝永四年丁亥二月晦日、享年四十七、二本榎上行寺に葬る、とあり、芭蕉の弟子となったのは延宝の初め、十四、五歳の頃としている。

柴田宵曲著の『蕉門の人々』には、其角が芭蕉の門人になったのは延宝二年だということになっている、とある。

時に芭蕉三十一歳、其角は十四歳であり、芭蕉がまだ蕉風を確立する以前のことである。

芭蕉が、「草庵に桃桜あり、門人に其角嵐雪有」として、

「両の手に桃と桜や草の餅」

と詠んだことはよく知られているが、それを元禄五年、芭蕉四十九歳、其角三十二歳の時のこととしている。(『蕉門の人々』)

芭蕉の数多い弟子の中で、蕉門の十哲といって、次の十名が有名だが、其角と嵐雪はそのトップに挙がっている。

榎本其角、服部嵐雪、向井去来、内藤丈草、各務支考、森川許六、志田野坡、越智越人、杉山杉風、立花北枝の十名である。

『蕉門の人々』の「嵐雪」の冒頭に、

「蕉門の高弟を談ずる者は、何人も先ず其角、嵐雪に指を屈する。後世の評価がそうなっているばかりではない。当時の相場もやはり同様であったらしい模様である」

とある。

其角について、先の『俳家奇人談』には、蕉門に入りてその冠首たり、とあったが、最後のところに、

「後人あるひは思へらく、晋子調、師翁ニ異ナリと。コトニ離レテ合フコトヲ知ラザルなり。けだし支考、許六の輩、議論多くその作思ひを焦し、奇を索むといへども、蕉翁の条鴨、晋子が自放なるに及ばざる事や遠し」

と、「榎本其角」の項を結んでいる。

晋子とは其角のことで、其角は晋其角、宝晋斎、雷柱子、渉川などの号を名乗った。

其角の句は難解でわかりにくい。

それについて、『蕉門の人々』では、次のようにいっている。

「其角の句が難解であるについては、いろいろな理由が挙げられている。彼は都会詩人の通有性として、悠久な自然よりも、うつろいやすい人事の上に興味を持っていたため、その句にも人事を材としたものが多い。当時なら容易にわかる事柄でも、時代を隔てればわからなくなるというのもその一つである」

「其角は雑学で、それを自家薬籠中のものとして活用しているので、その典拠を突止めないとわからないものが多い。また、その表現の仕方もストレートではなく、巧みに種を伏せて、すました顔をしているのも、彼の句を難解にしている理由の一つ（この文のみ要

約）」

「彼のピッチングは変化自在である。直球的写生句にのみ慣れた今の人々が、彼を向うに廻しては、その球に翻弄されて、打ちこなし得ないにきまっている」

貞享中（1684～1687）、其角は照降町《てりふりちょう》へ転居して、嵐雪、小川破笠と一緒に住んだ。下駄屋の裏の家だったと『近世奇跡考』にある。

嵐雪と破笠が其角のところに居候していたのだが、大変な貧乏暮らしで夜具もなかったという。

そのことは二代目團十郎栢莚《はくえん》の日記『老の楽』に、破笠《はりゅう》の話として出ている。

小川破笠は、『俳家奇人談』に、「小川平助は江戸の人、性多能にして、画と細工とに長ぜり。俳名宗宇、はじめ露言に従ひ、後蕉門に遊ぶ（以下略）」と載っている。画は英一蝶の弟子と伝えられている。細工とは蒔絵などの嵌細工で、晩年笠翁と号し、「笠翁細工」として名高い。

露言とは福田露言のことである。

若い頃の破笠は道楽者で親族から疎まれ、放浪生活を送ったようだ。

破笠は寛文三年（１６６３）生まれで、其角より二歳年下である。

一方、嵐雪は其角より七歳年長で、貞享の頃といえば、嵐雪は三十代の前半、其角は二

十四、五で、破笠は二十二、三ということになる。
照降町というのは、堀江町三丁目と四丁目の境の通りの俗称で、道の両側に雪踏《せった》屋と下駄屋が軒を並べていたので、そう呼ばれていた。（今の日本橋小網町と小舟町の一部）

つまり、雪踏屋は晴れていないと商売に障る。反対に、下駄屋は雨が降った方が品物が売れる。それで、照降町といったのである。

其角は、『近世奇跡考』によると、元禄三年（１６９０）には転居しているので、三人の照降町暮らしは、三、四年くらいの期間だったと思われる。

其角は宝永四年（１７０７）二月二十九日、茅場町の草庵で死んだ。享年、四十七歳。嵐雪も同じ年の十月十三日に没している。五十四歳だった。

破笠は、『俳家奇人談』には、「老後志なほりて、津軽家へ召出され食禄を得たり」とある。

五十前後のことといわれているようだから正徳の頃だろうか。

その後は津軽家お抱えの嵌工《かんこう》として立派な作品を残している。

小川破笠は、八十五歳まで生きて、延享四年（１７４７）に死んだ。

第二十一章　榎本其角(二)　聞句

向井去来の『去来抄』に、其角の「饅頭で人を尋ねよ山ざくら」という句を評した一節がある。

森川許六が、「これは謎といふ句なり」といったのに対して、去来は、「これは謎にもせよ、いひおほせずといふ句なり」として、「饅頭をとらせんほどに、人をたづねてことといへる事を、我一人合点したる句なり」といっている。

この其角の句は難解な句の一つで、他にもいくつか別な解釈もあるが、主題から逸脱してしまうので、今は触れないでおく。

去来は、さらに、

「昔、聞句《ききく》といふものあり。それは句の切様《きりよう》、或は、てにはのあやを以て聞ゆる句なり。この句はその類にもあらず」

といっている。

この稿を書くに当たって目を通した、小学館の『日本古典文学全集』の「連歌論集、能楽論集、俳論集」の『去来抄』の注では、聞句について、宝暦九年（１７５９）刊の『俳諧名目抄』より次の文を引用している。

「是は謎の句にて、思惟すればよく聞ゆるなり。聞発句ともいへり。

闇の夜は松原ばかり月夜かな

嗅ぎてみよ何の香もなし梅の花

などといふ類なり」

ここに、例の「やみの夜は松原ばかり月夜かな」の句が出ている。とすると、其角の「やみの夜は」の句も聞句で、先に去来がいっているように、「句の切様、てには（てにをは）のあやを以て聞ゆる句」という事になり、露伴の解釈が妥当性を帯びてくる。

江戸時代の人々は、日の出と共に起き、日が暮れると早々に寝床に入るという生活だった。

暦は太陰暦で、月に対する信仰も厚く、十三夜、十五夜等々、さまざまな月の祭事もあって、我々現代人よりもはるかに月と密接な関係にあった。江戸人は月の形を見ただけで、今夜が何日か、わかったという。

灯油は高価だったので、行燈の油に魚油を使う家もあった。

その魚油の行燈の火で煙草を吸いつけると生臭いので、煙管を吸う時には、一度別なものに火を移して、その火を使ったというが、こうしたことから見て、江戸人の灯油の使い方はかなりシビアであったと思われる。

したがって、明るい月夜に灯りを明々と点す家はなかっただろうから、其角の「やみの夜は」の句の解釈は露伴の説の方が正しいといえそうである。

こんな風にあれこれ考えてくると、もしかして、これらはすべて其角の計算通りで、やっとわかったか、と陰でほくそ笑む其角の姿が目に浮かぶような気さえする。

『俳諧名目抄』からの引用句、「嗅ぎてみよ何の香もなし梅の花」とはどういう意味かわかりにくいと思うが、梅の花の香にくらべれば他の花の香りなどはないに等しいというのである。

聞句について、もう少し知りたいと思っていろいろ調べたところ、復本一郎著の『笑いと謎』という本の中に、「謎の句」という章があって、聞句についてさらに詳しい説明が載っていた。

その中に、貞門派の俳人、山岡元隣が寛文二年（１６６２）に書いた『俳諧小式』という未翻刻の書からの「聞き発句の事」と題した引用文が出ている。
新しい聞句の例と、その解釈もついているので、そのところを又引きさせてもらうと、

「やみの夜は松原ばかり月夜哉

涼風は川はた斗《ばかり》あつさ哉

五月雨ハ山路斗や水ひたし

右やみの夜は松ばら斗にて残る世界は皆月夜也と松原のしげりたると月の光の明なるとを云たてたる也残二句も此心を以て聞は明也其外

かいで見よ何の香もなし梅の花

此花にかぎくらぶれバ万花香なしと也

しら鷺の巣だちの後ハからす哉
巣がからになると也
二人行ひとりハぬれぬしぐれ哉
二人ながらぬるるといふ心也」

其角には、いくつか有名なエピソードが伝わっている。
向島の三囲《みめぐり》で、雨乞いの句を詠んで雨が降ったというのもその一つで、句は、

夕立や田をみめぐりの神ならば

で、今もその句を刻んだ石碑が三囲神社にある。
其角が俳諧を通じて赤穂義士と親しかったことは知られている。
赤穂義士の一人、大高源吾は笹売りに扮して吉良邸の様子を探っていたが、その源吾と

討入りの前夜、両国橋の上でばったり出会った其角は、何も知らずに、

年の瀬や水の流れと人の身は

と詠んで、後をつけるように促すと、源吾は、

明日待たるるその宝船

と後の句をつけたという話は、講談や浪曲でもお馴染みである。

俳諧をたしなむ義士達の中で、特に大高源吾と萱野三平が秀れていたといわれている。

大高源吾は子葉、萱野三平は涓泉と号した。

その他、其角は、富森助右衛門の春帆や神崎与五郎の竹平とも親しかったようで、吉良邸討入りの翌年、元禄十三年（１７０３）二月四日、義士達が切腹した時に、

うぐひすに此芥子酢はなみだかな

と詠んでいる。

前出の『蕉門の人々』に、其角の『類柑文集《るいこうじ》』の「松の塵」という文が出ているが、それによると、

「元禄十六年七月十三日、其角は上行寺の盆に詣での帰りに、伊皿子坂を降って泉岳寺の門前に出た。

折しも赤穂義士達の新盆に当たると思うと子葉、春帆、竹平等の面影が目のあたりに浮かび、彼らの墓にお詣りして、花や水を手向けようとしたが、墓は参詣禁止だった（要約）」

とある。以下原文、

「墓所参詣をゆるさず、草の丈ケおひかくしてかずかずならびたるも、それとだに見えねば、心にこめたることを手向草になして、亡魂聖霊、ゆゆしき修羅道のくるしみを忘れよとたはぶれ侍り」

どうやら、その時の泉岳寺は一般人の参詣を許さなかったようで、後には義士の墓所として有名になった泉岳寺が、当時は、草ぼうぼうだったというのも興味深い話である。

其角の文に、上行寺からの帰途、とあるので、泉岳寺の近辺を切絵図で調べてみると二本榎通りの品川寄りに上行寺の名がある。

高輪台の上の二本榎通りは古い道で、江戸以前は奥州街道と通じていたという。今の地図でどの辺りになるかと探してみたが、上行寺は既になくなっていた。しかし、上行寺の手前（三田寄り）隣にあった円真寺、黄梅院は、現存しているので、上行寺がその向こう隣にあったことは間違いない。

伊皿子坂上から、二本榎通りを品川方面へ向かっていった右側、現在、高輪警察署がある交差点の近くである。

『江戸名所図会』の巻三をみると、英一蝶の墓がある承教寺《じょうきょうじ》の項に続いて、「宝晋斎其角翁の墓」と題して、

「同じ向こう側、上行寺といへる日蓮宗の寺境にあり」

と出ている。「同じ向こう側」というのは、前項に出ている承教寺の向こう側ということで、承教寺という寺も現存していて、上行寺とは二本榎通りを挟んで反対側、黄梅院の斜め前辺りにある。

上行寺は其角家の菩提寺で、基角はお盆の墓参りの帰りに伊皿子坂上から坂を下って泉岳寺の門前に出たのである。

第二十二章　榎本其角(三)　『老の楽』

其角の俳諧の弟子は数多いが、二代目市川團十郎栢莚もその一人である。最初の千両役者は、元禄時代の有名な女形芳沢あやめといわれているが、栢莚は享保六年（1721）に二人目の千両役者となった。

栢莚はまた、正徳四年（1714）に初めて「助六」を演じた役者である。

栢莚の父の元祖團十郎は、椎の本才麿の門下で俳号を才牛といい、俳号を持った最初の役者だった。

元祖團十郎は宝永元年（1704）に杉山半六という役者に刺されて横死したが、その時、栢莚は十七歳だった。

栢莚は『老の楽』という日記を残していて、それについては、この稿の初めにちょっと触れておいたが、その中に、

「我幼年の頃、始て吉原を見たる時、黒羽二重の三升の紋の単物振袖を着て、右の手を英一蝶にひかれ、左の手を晋其角にひかれて、日本堤を行し事、今に忘れず、この二人は世に名をひびかせたれど、今は亡き人也」

とある。

栢莚が幼い頃というのを五、六歳の頃とすると、栢莚は元禄元年生まれであるから、元禄五、六年の頃となる。承応元年（1652）生まれの一蝶は四十一、二歳。一蝶より九歳年下の其角は三十二、三の頃である。

実は、今伝わっている『老の楽』は山東京伝が抄録したもので、肝心の原本は失われてしまって完本を見ることは出来ないのである。

この栢莚の幼い頃の思い出話は、その京伝の『老の楽抄』には載っていないのだが、斎藤彦麿という国学者が書いた『神代余波《かみよのなごり》』という本に出ているので、京伝が書き洩した『老の楽』の一部を知ることが出来るのである。『老の楽抄』には其角のことや其角の師である芭蕉のことも書いてあって、貴重な資料となっている。

享保十九年（1734）五月十日のところに、

「漸之《せんし》は小野寺幸右衛門、貞佐物語。放水は岡野金右衛門九十郎事、右は貞佐門人の由。子葉は少いくびにて、いも顔也。ばせを（芭蕉）翁はうすいもあり。其角や嵐雪所へいくぞやと云、あいさつしづか成り。しゅしゃう成翁也」

小野寺、岡野共、赤穂義士で子葉は前出の通り大高源吾の俳号、貞佐は其角門人の桑岡貞佐である。

前章にも書いたが、其角と赤穂義士との交流は深くまた、広範囲にわたっていたようだ。

義士達の討入りの晩、吉良邸隣の土屋侯の屋敷で俳諧の会があり、其角は嵐雪とともに列席していたという。其角と義士達はよほど縁があったのだろう。

「大高源吾は猪首で、いも顔だった。芭蕉はうすいもがあった」とある。いもというのは疱瘡（天然痘）の治癒した痕のあばたのことである。

この時代、いもといえば里芋のことで、さつま芋は青木昆陽が江戸で試作を始めたのが、この享保十九年で、じゃが芋も甲斐の代官中井清太大が栽培を奨励したというのは明和（1764～1772）になってからのことで、いずれもまだ一般に普及してはいない。

また疱瘡についてであるが、江戸時代を通じて日本人の死因の一位は天然痘だろうといわれている。

飛騨の或る寺の江戸時代後期の過去帳に載っている死因の首位は疱瘡で、そのうち、六十九パーセントは乳幼児だったという。

ジェンナーが種痘法に関する論文を発表したのは十八世紀末で、種痘はたちまちヨーロッパ中に広まっていった。

日本に種痘法を伝えたのは中川五郎治という者で、明和五年（１７６８）奥州北郡川内村に生まれた五郎治は、択捉島で漁業を営み、ロシア語を学んで通詞となった。文化四年（1807）四月、その頃、度々蝦夷へ侵入してきたロシア人に捕えられ、五年の間、ロシア領に抑留されていたが、その間にロシア人医師の助手をつとめながら種痘法を習得した。文化九年（1812）六月、その前年に日本で捕えられたゴローニン等との交換で帰国した。

ゴローニンはロシア海軍の中将で、文化三年にディアナ号の艦長となって、文化八年（1811）、国後島測量のため南下した時に日本に捕えられた。

ロシアはその報復として、翌文化九年に高田屋嘉兵衛等が乗った観世丸を国後沖で拿捕して、カムチャッカへ拉致したが、その高田屋嘉兵衛と中川五郎治とをゴローニンと交換することになったのである。（その間の経緯については省略する）

高田屋嘉兵衛は蝦夷地交易に活躍した廻船業者で、幕府より蝦夷地産物売捌方を命じられていた人物である。

中川五郎治は文政四年（1821）より松前侯に仕え、文政七年以降の疱瘡流行に際して種痘を実施して、松前函館地方の多数の住民を救った。

幕府が本格的に疱瘡対策に乗り出したのは、それより三十年近く後のことで、神田お玉ヶ池に伊東玄朴、大槻俊斎等によって種痘所が設立されたのは安政五年（1858）のことである。

　パリの人種博物館には第二次遣欧使節の池田筑後守一行三十五名の写真が残されているが、その中に十名近いあばた面の人物の写真があるという。当時のフランスではあばた面は既に珍しかったのだろう。

　幕末の写真に必ずといっていいほど出てくる、通弁御用出役の塩田三郎のポートレートはその一枚である。

　塩田は通弁であるから、言葉に不自由はなかったと思われるが、やはりその風貌故にあまりモテなかったらしい。

『老の楽』に戻るが、享保二十年（１７３５）二月八日のところに、

「この朝、笠翁殿（小川破笠）見へ、しばらく芭蕉庵室の物語」として、「深川の芭蕉庵には、へっついが二つあって台所の柱に瓢箪が掛けてあり、その中に米が入っている。米は二升四合程入り、無くなってくると、杉風、千鱗等の弟子が又、足して置いた。たまたま弟子達の補給が遅れて米が無くなると、翁自身で米を買いにいった（要約）」とある。

　その頃、破笠は二十三、四歳とあるから、貞享三、四年（1685～1686）の頃だろうか。

　芭蕉翁は四十前後とあるが、四十二、三である。

　その時分、破笠も嵐雪も道楽者で、照降町の足駄屋の裏の其角のところに二人とも居候

していたことは前に書いたが、

「其角翁の所に、出居衆に笠翁は居られ、嵐雪もかかりとにて、三人居られ候よし、嵐雪なども俳情の外は、翁（芭蕉）をはづし逃など致候よし、殊の外気がつまり、おもしろからぬ故也と。とかく翁は徳の高き人也」

とある。

芭蕉が生真面目な人物で気づまりだったという。この記事は『老の楽』の中でもよく知られているところである。

文中の、出居衆、かかりと（掛かり人）共に、食客、居候のことである。

芭蕉は元禄七年（１６９４）五月に江戸を立って行脚の旅に出た。

伊賀に滞在中、支考、惟然の来訪を受け、九月八日に出立して、奈良を経て大坂へ入ったが、二十九日の夜より泄痢《せつり》、病床についた。

「旅に病んで夢は枯野をかけ廻る」の一句を最後の吟として、十月十二日申の刻、御堂前の花屋仁佐衛門の裏座敷で死んだ。享年五十一歳だった。

同じ元禄七年、其角は二度目の上方旅行に出ていた。

堺から大坂へ出て、芭蕉が花屋に病んでいること知った其角は、直に花屋に駆けつけて、師と最後の対面を果たすことが出来た。

この稿の最初に挙げた『蕉門の人々』という本の「其角」の結びのところに、次のようにある。

「平素さのみ遊行を事とするでもない其角がたまたま関西の地にあったために、芭蕉の臨終に間に合ったという事は、偶然のようであって偶然でない。焦門第一の逸材であり、最も古い弟子でもある其角と、「夢は枯野をかけ廻る」旅の空で最後の対面が出来たのは芭蕉に取っても大なる満足であったに相違ない。芭蕉と其角との因縁は意外に深かったのである。」

其角はその時、三十四歳。

その十三年後の宝永四年（１７０７）に其角は死んだ。享年四十七歳。師よりも短い人生だった。

＊＊〔追補〕
上行寺について、墓碑史蹟研究会の星沢豊子さんから、昭和三十八年に二本榎通りから小田急沿線の伊勢原市の五霊神社近くに移転した旨、ご教示頂いた。同寺には、他に将棋の大橋宗桂、蘭医桂川甫周、後藤又兵衛、丸橋忠弥らの墓があるそうである。

第二十三章　ドドイツ節（一）　お亀の茶屋

花街は、昔は「かがい」と音で読んでいたものだが、近頃では、「はなまち」といっているようだ。「花街《はなまち》の母」などという歌謡曲が流行った頃からだと思うが、今では「はなまち」の方が当たり前になってしまった。

最近、NHKの教養番組で、相原恭子さんという方の監修による祇園の歴史が四回にわたってテレビで放映されたが、その中では一貫して「かがい」で通しておられたので、何となく懐かしいような、ホッとした気持ちになった。

江戸時代末の鼻山人の著書に、『花街鑑《さとかがみ》』、『花街寿々女《さとすずめ》』などがあるが、この花街《さと》とは吉原のことである。

花街とは花柳の巷のことで、芸者町や遊廓のことを指していった言葉で、そうした社会を花柳界と呼んでいる。

花柳という語は李白の「流夜郎贈辛判官」（夜郎に流されしとき辛判官に贈る）と題した漢詩の文句から取った言葉だという。

その詩の冒頭に、次のようにある。

昔在長安酔花柳　五侯七貴同杯酒
（昔長安に在りて花柳に酔う
五侯七貴杯酒を同じうす）

花柳の花とは桃の花のことであり、五侯七貴とは皇后の実家の兄弟や家族のことである。

唐の玄宗皇帝の時代、安禄山の乱の時、皇帝の子の永王璘は揚子江方面で旗上げをして敗れた。璘に仕えていた李白は連座して夜郎（貴州省）に流されることになった。夜郎とは、夜郎大ということばがあるように当時の僻地だった。

これは、辛という判官（官名）に贈った詩であるが、実際には、李白は夜郎に流される途中、大赦にあって許され、晩年は安徽省当塗県の県令をしていた親戚の李陽冰を頼って身を寄せ、そこで没した。享年六十二歳だった。

戦後の東京の花柳界の話になるが、戦争中は食料や酒などが統制下にあって、おおっぴらには営業が出来ず、いわゆる裏口営業で、それが戦後もしばらく続いた。

その統制が解けて、料理飲食業が再開されたのは、確か昭和二十四年のことだった。

その後、間もなく始まった朝鮮戦争の軍需景気で、日本経済は急速に回復するのだが、花柳界もそれに連れてたちまち往年の勢いをとり戻して行った。

東をどりも復活、まり千代というスターが有名になり、鈴木美智子という映画女優がそのまり千代に憧れて新橋の芸者になった、という記事が新聞の紙面を賑わしたのは、昭和二十年代のことである。

その昭和二十年代の後半から、新橋は東をどり、柳橋はみどり会、赤坂はみのり会、下谷はさくら会、芳町はくれない会、浅草は浅芽会というように、東京中の各花柳界の芸者の踊りの会が盛んに催されるようになった。

世の中は、神武景気、いざなぎ景気などといわれた経済成長の真っ直中の昭和四十年頃には「三コ」という言葉が流行った。「三コ」というのは、「コ」のつく三つのこと、小唄と碁とゴルフのことで、この三つが出来ないと重役はつとまらない、といわれ、それぞれ大流行した。

トップが小唄に熱中すれば、部下や取り引き先の連中も右へ倣えで、花柳界の宴会では今のカラオケのように、小唄が盛んに唄われた。

その頃が花柳界のピークだったようだ。

近頃では、花柳界はすっかり灯が消えたようになってしまった。

花柳界が衰微した理由についてはいろいろ考えられるが、今は触れないでおく。

戦前の花柳界の遊びについては知る由もなく、先人の話を聞いて得た知識でしかないが、吉原を除いて旧市内の花柳界では鳴物は禁止で、鳴物入りで遊ぶには、都心から離れた花街へ行かないと出来なかった。

昭和三十年代の前半、古老のお供で下谷で遊んでいて、半玉に太鼓を叩かせて騒ごうということになって、亀戸に席を移したことがあった。

大きな花街の宴会では、まず御座付きといって、たいてい立方二人のちゃんとした段物の踊りが出る。

それ程頻繁に顔を出したわけではないが、赤坂の大きな料亭で、いつも御座付きが「吾妻八景」なので、常連の客から、「吾妻八景」しか出来ないのか、といわれて、「吉原雀」に代わったことがあった。

昭和三十年代から四十年代にかけては小唄のブームだったから、宴もたけなわになると、今のカラオケさながらに次々と客が自慢の小唄を披露する。

一昔前は小唄ではなく、ドドイツだったという。ドドイツは漢字で都々逸、都々一などとも書く。

ドドイツには小唄などと違って、決まった節がなく、古老の通人達は遊びの中で自分流の節回しや唄い方を身につけていったようで、その点、師匠について習う小唄とは全く異なるので、小唄党にはどうもドドイツは苦手という者が多かった。

要するに、どうやって覚えていいのか、わからないからである。

それでいて、洒落た文句がたくさんあるドドイツをこともなげに唄ってのける古老が羨ましくもあるのである。

ある宴席で、古老の一人が、「では、ドドイツでも一つ、のろけますか」といったが、「のろける」という言葉が面白く、印象に残っている。

ドドイツは幕末から明治にかけて、情歌とも呼ばれ、私蔵のドドイツ本には、情歌集と題したものもある。

天保の頃から嘉永にかけて活躍した都々一坊扇歌《どどいつぼうせんか》という芸人があまりにも有名で、ドドイツはその扇歌が元祖と思われていたこともあったが、『都々一節根元集』という本が見つかり、今では、ドドイツは宮（名古屋）で生まれたということになっている。『都々一節根元集』は名古屋の雑学者として有名な小寺玉晁の書いたものである。『都々一節根元集』を取り上げて出版された名古屋の尾崎久弥氏の解説を要約して次に挙げる。

「寛政十二年（1800）頃、名古屋熱田の築出《つきだし》という、今の熱田伝馬町の東辺りに、鶏《けい》飯屋《はんや》という茶屋が出来た。

鶏飯というと、鶏の炊き込みご飯のように聞こえるが、唐きびを煮た汁で飯を炊いた贋の鶏飯で、それに蜆汁がついた。

それを給仕する女中達も大勢いて、酒を勧め、売春の相手もした。

その女中達の中にお亀という者がいて、人気の的となり、いつかその店をお亀の店というようになった。

このお亀の店は構えが広大で、築山など庭も凝った造りで、千客万来の大繁昌となったので、その付近には似たような店が多数出来て、そこで働く女中達の数も増えた。

初めはそこの草分けの鶏飯屋の女中だったお亀という一人の女性の名が、次第に当時、同じような茶屋の女中達の一般的な名となり、享和二、三年（1802～1803）頃には、このお亀が宮の売笑的女性の総名となった。

築出の繁昌によって伝馬町も発展し、海岸に面した神戸《ごうど》町にも伝馬町にまさる遊女屋が続々と現われた。

すなわち、宮の東海道筋船着き場に一番近い神戸町が第一等の遊廓地、東西筋の伝馬町が第二等、築出には例の茶屋が次第に遊女町のような様子を作りつつあって、この三カ所が宮に生まれたということである。

そして、この神戸、伝馬町、築出の女性をすべて、お亀と称するようになった」（以上

第二十三章　ドドイツ節（一）　お亀の茶屋

要約）

第二十四章　ドドイツ節(二)　ドドイツ節の系譜

お亀の茶屋について、高力猿猴庵の『矢立墨』に絵入りで説明がでているので、それを挙げる。

「宮の宿のはたごやなる飯盛女を、おかめと呼ぶことハ、寛政十二申のとしの秋、熱田の築出の町はづれに、大なる茶屋ありて、蜆汁をうりたり。元は府下にて鶏飯のうつしを仕出せしが、此地にうつりて、茶屋を初む、其故に鶏飯が店と呼しなり。此うち下女をおかめといふ、此女かの茶屋の庭に、とこだいを出して、茶菓子などをうりしが、いつとなく、おかめが店とて流行せり。何故とならば、此本店の座敷へ上れば、余程物が入事なれど、かのとこだいに休ミても、庭の物好など風流なるさまをながめる楽ミは、同じければ、おかめが店へ銭安にたのしむ人々が多かりし。是より呼初て、当所の飯盛の惣名とはなれりとぞ。此鶏飯より繁昌弥益（いやまし）になりて、新長屋の茶店つづき、出女の店つきなどもありて、賑々しく見へしが、かの鶏飯も栄へ久しからずして、海市蜃楼の跡なき類ひとなれり。

其全盛の時を爰に畫きぬ」

下の図がそれで、築山や池が描かれているが、池には舟が浮かべてあり、庭がかなり広大であったことがわかる。

猿喉庵の著書は絵入りのものが多く、見ていて楽しいし、また視覚から得られる情報は文字だけで書かれたものと違って、直接的、具体的なので、思わぬ発見をすることもある。

前出の『都々一節根元集』の著者、小寺玉晁は明治十一年に七十九歳で没したというから、逆算すると寛政十二年（１８００）の生まれである。

高力猿喉庵は本名を高力種信、俗称を新蔵といい、尾張藩士で御馬廻り役だった。著書も多いが、画才に長け、殆どの著書に自ら描いた絵が載っている。

猿喉庵は天保二年（１８３１）に七十六歳で没したというから宝暦六年（１７５６）の生まれである。

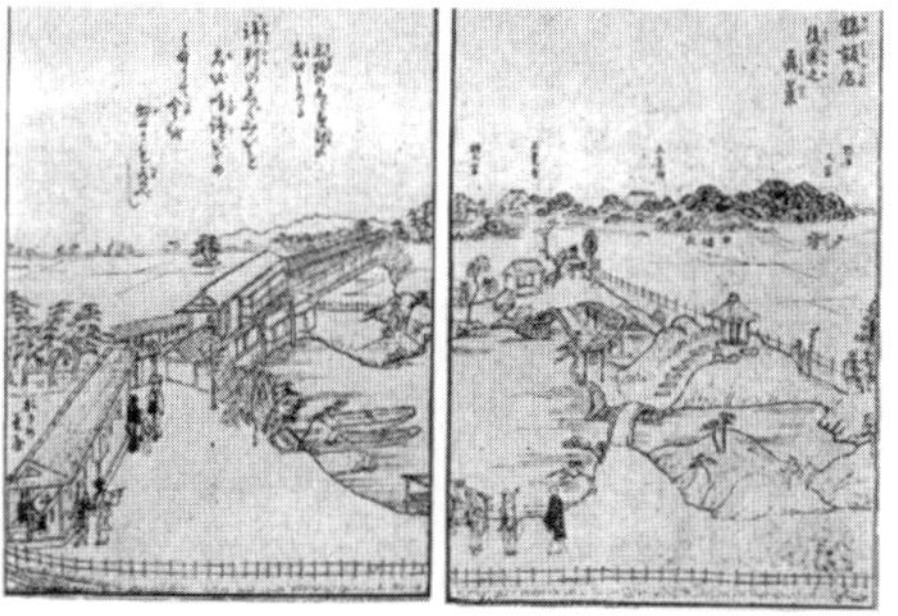

したがって、猿喉庵は玉晁より約半世紀以前の人物ということになる。

玉晁はお亀の茶屋が出来た頃の生まれだが、猿喉庵はその頃、四十代の半ばで、実際に遊びに行ったこともあっただろう。

以下は、尾崎久弥氏の解説の続きである。

「ちょうどこの頃に名古屋から宮へかけて潮来節に似たような唄が流行った。その唄というのは、

おかめ買う奴あたまで知れる
　油つけずの二ツ折れ
そいつは、どいつじゃ、
　そいつは、どいつじゃ

この終いの囃子の「そいつは、どいつじゃ」の繰り返しが、「ドドイツ、ドイドイ」と変わり、「ドドイツ、ドイドイ、浮世はサクサク」と繰り返して囃すようになり、誰いうとなく、この新しく生まれた唄をドドイツといい始めた。このドドイツが新しい節の名になったのは享和の後の文化の頃と思われる（要約）」
さて、このドドイツを唄い出したのは、鶏飯屋の女中で宮の須賀生まれのお仲という女で、彼女が後にドドイツといわれるようになった唄を流行らせ、当時の宮の遊女をはじめ

一般にも広く唄われるようになった。

このお仲という女性は一種の傑物、成功者で、後に神戸町第一等の遊女屋、鯛屋の女房になったとも、仲居だったともいわれている。

十九世紀の初頭、文化の前の享和の頃、名古屋では、

神戸伝馬町等はいらぬ
　鯛屋のお仲の裾で掃く

という唄が流行ったというが、この唄からお仲の人気の程が知れる。

このドドイツは別名として、お亀の唄とももまた、神戸節ともいったが、後には名古屋節といわれるようになった。

元唄は三下りという調子だったが、江戸へ移って二上りになり、江戸で大流行して名古屋へ逆輸入された。『守貞漫稿』の「名古屋節」のところに、江戸では三下りドドイツという、と注が出ている。

尾崎久弥氏はドドイツは潮来節から出たものとしているが、『守貞漫稿』では、「よしこの一変してドドイツ節となる也」とある。

ジェラルド・グローマー著の『幕末のはやり唄』でも、ドドイツは潮来節から変化して出来た「よしこの節」から生まれたものとして、神戸節はもともと、名古屋周辺で唄われた「よしこの節」の替え唄ではなかったか、といっている。

潮来節は安永(1772~1780)の頃から江戸で唄われるようになり、次第に流行した。

そのピークは、十八世紀末から十九世紀の初頭、寛政末から享和へかけてだったといぅ。

その潮来節が変化して出来た「よしこの節」は名古屋や京、大坂ではもて囃されたようだが、江戸ではあまり流行らなかった。『守貞漫稿』では、「よしこの節」について、「文政三、四年(1820~1821)頃より行われ三都ともに専ら之を唄う」とある。

尾崎氏は、ドドイツが新しい節の名となったのは文化頃としているので、文政に流行った「よしこの節」ではなく、潮来節から出たものとしているのである。

潮来節も、「よしこの節」も、江戸小唄に僅かに残っている。

「潮来出島の真菰の中であやめ咲くとはしおらしや」という三下りの唄である。

この「潮来出島」の唄は、潮来節がそのまま残ったのではなく、どうやら歌沢節に入っていたものを小唄にとり入れたものらしく、元の潮来節がどれ程残っているのか、よくわからない。

一方、「よしこの節」は、「三千世界にたった一人の主さんを人にとられてわしが身は又どこで立つ」という小唄や阿波をどりの伴奏の唄がそうだといわれている。また、ドドイツ節は、元唄は三下りだったが、江戸へ来て二上りとなり、今では専ら本調子で唄われている。

これらを聞き合わせてみると、それぞれに似ているところもあり、似ていないところもあって、ドドイツ節がどちらから生まれたものか、音楽的に判断することは難しいようだ。

ただ、二つの音曲の流行の時期からみると、ドドイツ節は潮来節を母体として生まれたという尾崎説の方が有力と思われる。

昭和の初めに、三田村鳶魚などの著名な江戸研究者が参加して発刊された『彗星』という雑誌の昭和二年二月号に、森沢瑞香という人が「こしかたばなし」と題して書いているが、その中に「おかめ駕籠」という項があって、「旧幕府時代には名古屋の城下では遊女をおくことを許さなかった、大須の新地は明治五、六年頃に出来たもので、それ以前の名古屋人の青楼遊びは、多くは熱田の宮駅まで行ったものである。それへ通う駕籠をおかめ駕籠と称し、広小路辺に、おかめの面を書いた下に「かご」と書いた看板の行燈が明治五、六年頃まで出ていた」とある。

以下、面白い記事なので、全文をそのまま挙げる。

「此駕篭は一里余の間を駈けづめに走ったもので、その掛声に往復の別があって、往きは「シテコイ、シテコイ、シテコイ」というて、還りを「シテキタ、シテキタ、シテキタ」というのである。

是等全く落語めいて嘘らしく思うであろうが、当時はそんな事を怪しともおもわず、平気で乗っていた杯（など）は実に今世人の憶測の外であろう」

何ともおおらかな時代の話である。

第二十五章　ドドイツ節(三)　岡玄作

ドドイツをとりあげて都々一坊扇歌に触れないわけにはいかない。

二代目船遊亭扇橋撰による『落語家奇奴部類《きぬぶるい》』に、「京橋住　都々一坊扇歌」として、「常州水戸の産にして、扇橋に随身して、三都うかれぶし、なぞなぞ合の元祖なり、嘉永五年（1852）十月二十九日、府中にて終る」

弘化五年（1848）の序がある同書に嘉永の記事が出ているのはおかしいが、実は同書はその後、かなり後まで書き継がれたもののようである。

扇歌の師の扇橋とは、この書の撰者の二代目扇橋ではなく、初代の扇橋のことである。

その初代の扇橋について、同書には、

「赤坂住　船遊亭扇橋　奥平家の臣、常磐津兼太夫弟、若太夫と云、後に麻布十番に住す、下谷吹きぬ喜亭を開く、音曲咄の元祖なり、広誉扇橋信士、文政十二丑年（1829）四月十三日、「没」という字脱か」

とある。

ここにある常磐津兼太夫というのが、二代目か、三代目か、書いていないのでわからないが、初代の兼太夫は初代文字太夫の死後、天明七年（１７８７）に二代目文字太夫を襲名した。二代目兼太夫はその初代兼太夫の弟で、初め大和太夫といったが、同じ天明七年に二代目兼太夫となった。寛政七年（１７９５）に兄の二代目文字太夫が亡くなった後、その跡目相続のことから破門され、寛政十一年（１７９９）に別派を立て吾妻国太夫と名乗ったが、享和二年（１８０２）、刺客に襲われ横死した。

もし、この二代目兼太夫の弟とすると、常磐津家元の二代目文字太夫の弟でもある。となると、兼太夫の弟と書くより、文字太夫、国太夫の弟と書くだろうから、先の文中にある兼太夫とは三代目兼太夫のことと思われる。

三代目兼太夫は近世の名人で、二代目組太夫から綱太夫を経て、文化六年（１８０９）に三代目兼太夫を襲名したが、文化十一年、かにの中毒で亡くなった。

三升屋二三治の『戯場書留』に、

「寛政の頃（実は享和二年）、国太夫横死す、後、兼太夫は本芝に住みて、まぐろ太夫といふ、此兼太夫、（文化十一年）七月二十六日夜に、客に伴れ、座敷にてかにを喰ふ、其夜かにかにあたり、即死す、兼太夫二代続珍事、爰《ここ》にしるす」

と出ている。

下谷吹きぬ亭だが、上野不忍池の端から宝円の角を通る道を「吹き貫き横丁」といっていたようだから、その辺りに出来たのだろう。

　さて、都々一坊扇歌だが、文化元年（１８０４）に常陸水戸藩領内の久慈郡佐竹村磯部（現大田市磯部）で生まれたという。

　幼名を子之松といった。文化元年は子年だったので、そう名付けられたと思われる。

　扇歌の父親の岡玄作は医者だった。

　手許に、扇歌の生涯を書いた二冊の本があるが、高橋武子氏の『都々一坊扇歌の生涯』の方には岡玄策、石川淳氏の『近世畸人伝』の方では岡玄作となっている。

　どちらが正しいのかわからないが、とりあえず以下、玄作とさせてもらう。

　この二冊の本のうち、石川淳氏の『近世畸人伝』には十人の伝記が出ていて、「都々一坊扇歌」はその中の一篇である。

　したがって、量的には短篇小説と同じ程度の作品だが、高橋武子氏の『都々一坊扇歌の生涯』の方は単行本である。

　この二冊以外にも扇歌について書かれた本は多いと思うが、とりあえず、手許にあるこの二冊を参考にしながら、扇歌の生涯を追ってみることにする。

　扇歌の父の玄作は下野国那須郡大内村で代々酒造業を営んでいた岡伝次衛門の次男として明和六年（１７６９）に生まれた。

若い頃に医者になる志を立て、水戸へ出て藩医の原南陽玄瑞の弟子になって、医術の修行を積んだ。南陽は和漢、オランダの医学に通じた名医で、専門著書もある大家だった。あるとき、江戸の本屋に珍しい医学書が入ったと聞いて、南陽は玄作に代金四十両を持たせて、その書を買い求めに江戸へ行かせた。

玄作は歌舞伎好きだったという。江戸へ出た玄作はこの時とばかり江戸三座へ通い、吉原へも足を踏み入れて、やがて足繁く通うようになり、たちまち四十両を使い果たしてしまった。なかなか戻ってこない玄作に、業を煮やした南陽から、早く帰れ、と矢のような催促がくる。

困った玄作は本屋の主人に頼み込んで、珍書を読ましてもらう許可を得て、七日間通って読み通し、水戸へ帰った。

水戸を出てから、三十五日目だった。

空手で戻ってきた玄作から事情を聞いて怒る南陽に対して、玄作は

「先生が御入用なのは本そのものではなく、書かれている内容でしょう。それはちゃんとすべて覚えてきましたから御心配無用です」

といって、その内容を滔々《とうとう》と口述し始めた。

南陽はびっくりすると同時に、玄作の記憶力に呆れた。玄作の口述を聞き終わった後、「七日の間に、それを残らず書いて提出しろ」と命じた。すると、玄作は、「金を注ぎ込んだ吉原学問の方はどうしますか。やはり、書いて出しましょうか」といったそうである。

玄作の特種な能力に驚き、また感心した南陽だったが、他の弟子の手前、こんな無軌道な不始末をしでかした玄作を放っておくわけにいかず、玄作の才能を惜しみながらも破門した。

南陽から破門された玄作は藩内の佐竹村磯部に家族と共に移り住んで村医者となった。これらは南陽の計らいだったという。

こうしたエピソードから見て、玄作はかなりの奇人だったようだ。

村医者として最初は患者が近郷からつめかける程忙しかったらしいが、言いにくい病状をズバリ言ってのけたり、もう助からない患者をみると、念仏を唱えて家人に早く弔いの準備をした方がよいといったりするので、患者も次第に少なくなって、貧乏したようである。

しかし、玄作には人なつこい気さくな面もあり、また、行き倒れや貧乏人の面倒を進んでみるような人情深いところもあったという。

玄作の妻は水戸藩桜井与六郎の娘で、二人の間には二男二女があった。扇歌の子之松は玄作が磯部に来てから生まれた子で末っ子だった。

子之松が四歳の時、母が亡くなった。

子之松が七歳の時、兄の陽太郎と共に疱瘡に罹った。

和漢の医学書では、疱瘡の病人に青魚は大毒としてあったが、研究心旺盛な玄作はそれが事実か、どうか確かめるために、兄には鰹を、弟には鰯を食べさせた。

我が子を実験台に載せたのである。

しかし、医学書に書かれていたことは真実で、兄の陽太郎は視力を失い、弟の子之松は弱いながらもわずかに視力を回復することが出来たが、一生しょぼしょぼ目となり、顔にはあばたが残った。

この年（文化七年）、玄作は四十二歳の厄年だったという。

石川本では、「こどもの母はかなしみいきどほって、一時は夫の玄作との別ればなしまでおこったといふ」とあるが、高橋本では、その三年前の子之松四歳の時に母は死んだことになっている。

その翌年の文化八年（１８１１）、玄作は破門以来初めて水戸の南陽の許を尋ねて、自分の疱瘡の実験の仔細を報告し、盲目になってしまった長男陽太郎の将来のことを頭を下げて南陽に頼んだ。

その年、陽太郎は南陽の口利きで江戸の鍼医の許に修行に出た。

陽太郎は勘がよく、覚えが早いので、師匠からも期待されていたというが、二年後江戸で流行った風邪が因で短い生涯を終えた。

第二十六章　ドドイツ節(四)　都々一坊扇歌

扇歌の子之松は、幼い頃から芸事に人一倍強い関心を持っていたようである。旅芸人のあとをついていって、夜遅く帰ることもしばしばあったという。

子之松に自分の跡を継いでもらいたいと思っていた父の玄作は、子之松に江戸へ出て蘭学を勉強するようにいったが、子之松は首を縦に振らなかった。

当時、子之松の上の姉の花経《はなよ》は既に村内の園部家に嫁いでいた。下の姉の桃経は眼の不自由な弟を不憫に思って、父に隠れて子之松に三味線の手ほどきをしてやったりしたという。

文化十四年（1817）子之松十四歳の時、子之松をこのままにしておいたら芸人になりかねないと思った玄作は、一歩譲歩して、医者が嫌いなら商人になったらどうか、と切り出した。医者よりまだ商人の方がマシ、と思った子之松は多賀郡相田村（北茨城市）の呉服屋に丁稚奉公に出たが、好きな芸事から全く隔離された環境に耐えられず、半年足らずで磯部へ戻ってきてしまう。

その後、しばらくして枡屋治三郎という土地の造り酒屋から養子縁組の話が持ち込まれた。

子之松は枡屋の養子となって、名を福次郎と改める。

子供のない枡屋夫婦は福次郎を可愛がり、大田から師匠を呼んで福次郎に唄や三味線を習わせたりした。

しかし、二年後に思いがけず枡屋夫婦に子が授かると、福次郎に対する態度が一変し、彼を疎んずるようになり、次第に奉公人扱いをするようになった。

特に我慢がならなかったのは、好きな唄、三味線を禁止されたことで、福次郎は枡屋を出る決心をして、愛用の三味線を手に養家を去った。文政三年（１８２０）、福次郎十七歳の時だったという。

その文政三年に南陽が死んだ。

翌文政四年、福次郎の父、玄作が亡くなった。享年五十二歳だった。

玄作の死後、水戸の南陽の許で手伝いをしていた、玄作の弟の玄市が磯部へきて玄作の医業を継いだ。

養家を飛び出した福次郎は、大田や湯本など水戸近辺の盛り場を唄と三味線で流して歩くなどして放浪生活を送っていたと思われるが、文政六年、江戸へ出る決心をして、その途中磯部に立ち寄り、そこで父の死を知った。

父の墓前で不孝を詫びた福次郎は、しばらく磯部に滞在したようである。

その間、叔父の玄市は、先の見えない芸人を諦めて医術の修行をしてはどうか、と福次郎を説得したと思われるが、彼の決心は変わらなかった。

石川本では、磯部から江戸への途上、福次郎は府中に次姉の桃経を訪ねている。府中は今の石岡市である。

桃経は幼い福次郎を一番可愛がってくれた彼の最大の理解者だった。

桃経は初め神官と結婚したが、離縁になり、その後、府中の真壁屋という旅籠の主人、長五郎という者と再婚したのである。

長五郎は早くに妻を失い、後妻として桃経をいれたのだった。

府中にしばらく滞在後、福次郎はいよいよ江戸へ出る。

その時期は、高橋本では、天保二年（1831）としている。

江戸へ出た福次郎は音曲噺の第一人者、船遊亭扇橋に弟子入りするのだが、高橋本では、江戸出てきて三年目に扇橋の門を叩いたことになっている。

天保二年から三年目というと天保五年である。

初代扇橋は文政十二年（1829）に死んでいるので、そうなると、福次郎が入門したのは二代目扇橋ということになる。

しかし、その扇橋について、「わけても落語の中に音曲噺を取り入れ、新しい芸域を切り拓いた音曲噺の船遊亭扇橋は、飛ぶ鳥も落とすほどの人気者であった」とあるから、この扇橋が初代でなければ、おかしなことになる。

石川本では、福次郎が江戸へ出てきた時期については、はっきりしないといっているが、都々一坊扇歌と名乗って初めて高座に上がったのは文政八年（1825）八月一日であったというから、ときに福次郎二十三歳、その見当であろう、としている。

その初高座は牛込神楽坂上の藁店《わらだな》だったという。

高橋本では、初高座の場所は同じだが、天保九年（1838）のこととしていて、石川本と十三年の開きがある。

この辺りから、二冊の本の記述は大きく違ってくる。

扇歌の芸については、後でまとめて書くつもりでいるので、ここでは扇歌の足どりを辿っていくことにする。

扇歌の人気は次第に上がり、その名は江戸中に知れわたった。

それに水を差したのが、水野越前守の天保の改革である。

この改革は江戸市民の日常生活にまでも及んだ。江戸歌舞伎の三座は浅草寺裏の後の猿楽町に移され、それ以外の芝居、見世物は禁止、戯作者、浮世絵師などで摘発され、罪を得た者もある。岡場所の取り締まりも厳重になり、それによって繁栄を誇った深川も急激に衰退したといわれる。百軒以上もあった寄席が、わずか十五軒に制限され、出し物まで規制を受けるようになり、多くの芸人たちが職を失った。

石川本では、扇歌は天保の改革で江戸払になったとしている。その後の扇歌については、ざっと書き流した感じであるが、高橋本にはない扇歌の妻のことが書いてある。

扇歌の妻は琴といった。弘化二年（1845）の秋、大坂に住む琴の父の病が重いと聞いて琴は大坂へ行ったが、父は間もなく亡くなり、その跡を追うように琴も病を得て死んでしまう。三田北寺町の宝生院という寺に、琴の三回忌に扇歌が建てた琴の墓があるそうである。

墓の側面に、大坂で死んだ琴の三回忌に建てた旨が漢文で書いてあるという。

弘化三年の秋、扇歌は水戸で、弟子四人と共に興行を打った。

扇歌の大きな高座の記録はこれが最後である。

その何年か後、扇歌は府中に現われる。その時、既に昔の面影はなく、廃人同様だったという。そんな扇歌が身を寄せる先は真壁屋の姉の桃経のところしかない。

その府中香丸下町の旅籠、真壁屋が扇歌の死に場所となった。

嘉永五年（1852）十月二十九日、

「ドドイツもうたいつくして三味線枕
　楽にわたしは寝るわいな」

これが扇歌の辞世だそうで、

「今日の旅、花か紅葉か知らないけれど
　風に吹かれて行くわいな」

この歌を口ずさみながら、扇歌は息を引き取ったという。

扇歌の遺体は愛用の三味線と共に、真壁屋の菩提寺である府中の真言宗千手院の墓地に葬られた。

以上が石川本による扇歌の生涯である。

これと高橋本との一番大きな違いは扇歌の江戸払の時期である。

石川本では、天保十二年に江戸払になったとしているが、高橋本では、その時は罪を得たわけではなく、改革の規制により仕事が出来なくなって江戸を離れて上方へ行ったとしている。

天保の改革は天保十四年（1843）、老中水野忠邦の失脚によって終わった。扇歌は上方でも大成功をおさめ、弘化二年（1845）に江戸へ戻った。

高橋本では扇歌が江戸払になったのは嘉永三年（1850）のこととしている。

「上は金　下は杭なし　吾妻橋」

この扇歌作の句が、幕府の御政道を批判したものとして罪を得て、江戸払になったというのである。

上の方は金にあかして贅沢しているのに、下の方は食べるものもないという心を吾妻橋に寄せて詠んだものである。杭なしを食いなしに掛けている
今の吾妻橋は、江戸時代は大川橋といい、東橋、吾妻橋は俗称で、吾妻橋が正式な名称になったのは明治八年のことである。

高橋本では単に所払となっているが、これを石川本にある江戸払と同じと解釈させてもらった。

府中に姉の桃経を頼って行ってからのことは石川本と同じである。

扇歌の江戸払の時期については、資料もないので、どちらが正しいとも決め難いが、弘化三年に四人の弟子と水戸で興行しているところを見ると、天保改革の終焉後、扇歌は江

戸へ帰って活躍していたはずで、そうでなければ、地方廻りだけの扇歌に四人の弟子とはちょっと考えにくい。「上は金」の句は石川本にも出ているが、江戸払とは無関係の扱いになっている。

扇歌ほどの芸人であれば、多少人気が落ちても寄席へ出ていれば何とか食べていけただろう。江戸で人気があれば、地方興行でも客が集まる。しかし、江戸で稼げなくなったら、地方廻りで食べていくのは難しいだろう。

憶測になるが、弘化三年から嘉永三年までの四年の間に、「上は金」の句が原因であったか、どうかはわからないが、江戸払になったと思われる。

次章は、一世を風靡した都々一坊扇歌の芸について――

第二十七章　ドドイツ節（五）　扇歌の芸

扇歌は都々一坊と名乗っていたが、高座でドドイツだけをやっていたわけではない。とっちりとんのような俗曲から、当時流行の端唄まで、或いは曲弾きのようなこともやってみせていたかもしれない。

しかし、何といってもドドイツが主で、それと『落語家奇奴部類』の扇歌のところに、「三都うかれぶし、なぞなぞ合の元祖なり」とあったように、なぞなぞ合が扇歌の持ち芸だった。

なぞなぞ合とは、なぞなぞ合わせで、謎解き唄のことである。

テレビの笑点という番組などでやっているように、何々とかけて何と解く、その心は何々、というのを三味線の弾き語りで節をつけてやるのである。また、三都うかれぶしとは、ドドイツ節を指していると思われる。

何々とかけて、という題は客からもらうのである。

例えば、大坂へ行った時のこと、「天王寺の塔」とかけて、という題が出された。

（答）　虎屋の饅頭と解くわいな
（心）　十で五十（塔で五重）じゃないかいな

当時、大坂で評判の虎屋の饅頭は一つ五文、つまり十で五十文である。

どういう風に唄いながらやったものかは、よくわからないが、高橋本によると、客席からもらった題を絃に乗せて囃し、唄いながら「何が何してなんじゃいな」と拍子をとって、これを二、三度繰り返しているうちに答えを考えるというやり方だったという。しかし、その僅かな間に、客をアッといわせるような答と心をみつけるのは至難の技で、扇歌にはそういう特殊な才能があったようだ。

（題）　十艘の船に灯が一つ、とかけて
（答）　江戸っ子の喧嘩と解くわいな
（心）　糞喰え（九艘暗い）じゃないかいな

弘化三年（1846）水戸での興行の時、「水戸の広小路」とかけて、という題が出された。
（答）　平清盛と解くわいな
（心）　火の病（日の屋前）ではないかいな

水戸の広小路には、日の屋という大きな薬屋があったという。あまりに扇歌が即妙な答えを出すので、「寒の雪だるま」なら解けない（溶けない）だろう、といった客があった。

それに対して、扇歌は、すぐ、

「寒が明いたら（考えたら）とけるじゃないかいな」

と唄って返したという。

「扇歌の馬鹿野郎」とかけて、という題には、

（答）　唐の火事と解くわいな
（心）　馳けた（かけた）方が余程大馬鹿ではないかいな

扇歌の得意や思うべしである。
もう一つ、謎解きを挙げておこう。

（題）大石良雄とかけて
（答）唐辛子と解くわいな
（心）赤うて辛う（赤穂で家老）じゃないかいな

なぞなぞ合は以上にして、ドドイツの方に話題を移すことにする。
扇歌作と伝えられるドドイツは数多いが、最も知られているのは、

白鷺が　小首かしげて　二の足ふんで
　　やつれ姿を　水鏡

である。
初めの文句が高田浩吉の歌謡曲にもなっていたので、ある程度の年輩の人は聞いたことがあると思うだろう。

前掲の二冊の本から、扇歌の生涯に沿って、まず作られた時期などのわかるものを挙げると、

磯部田圃の　ばらばら松は
　風も吹かぬに　木（気）がもめる

（磯部時代の作という。扇歌を可愛がってくれた次姉の桃経はなかなかの情熱家だったようで、まだ嫁入り前の頃、好きな男が出来て夢中になり、危く身を誤まりそうになった時、扇歌が詠んだと伝えられている）

たんと売れても　売れない日でも
　同じ機嫌の　風車

（前出の「白鷺が――」と同様、湯本辺を放浪していた頃の作）

私しや奥山　ひともと桜

八重に咲く気は　更にない
藪鶯の　私じゃとても
啼く音に変わりが　あるものか

石川本には、次のようにある。

「(扇歌の）その才気と、その妙技と、その美声に於て、扇歌は群を抜いたものとおもはれる。しかし、芸のいろっぽいということでは、どうだったか。一般に俗曲は色気を持って骨法とする」

といって、扇歌の作ったドドイツの文句をみると、どうも色気にとぼしいのが疵、と書いている。

あきらめましたよ　どうあきらめた
あきらめ切れぬと　あきらめた

よその人にも　こうかと思もや

おまえの実意が　苦にもなる

こうしてこうすりゃ　こうなると

知りつつこうして　こうなった

等々は、確かに理屈っぽい気がする。

続いて石川氏は、扇歌が色気を用いようとすると、その文句はたちまち破礼（バレ）、つまり卑猥になってしまう、として

「この人つひに色気のほどよく品よきものをさとらない。生まれはあらそはれず、これも水戸っぽうの一徹のせゐであらうか。あるいは、都々一といふものは所詮この域を出ないものであらうか」

といっている。また、扇歌は諷刺をもって評判をとった、と書いているが、その類のドドイツは見当たらない。扇歌が御政道を批判したとして江戸払になった、「上は金、下は杭なし　吾妻橋」という句（ドドイツではない）は、石川本では、全国的に飢饉が続いた天保三年、五年頃の作としているが、高橋本では嘉永三年のこととなっている。これについては前回でも触れた。

幕府に対する批判、諷刺等の取り締まりは厳重で、寄席のような公共の場ではうっかりしたことはしゃべれなかったはずで、人から話しかけられて相槌を打ったばかりに捕まって拷問を受けた話が『幕末百話』にも載っている。

幕末には、落とし文という瓦版が流行った。

これはニュース・ソースを明かさないための手段で、落ちていた文を拾ってそれを瓦版にしたということになっていた。拾った文なら誰が書いたかわからず、わからなければ追求の仕様がない。

話が大分横に逸れたが、要するに、扇歌が諷刺によって評判をとったというのは、そんなわけでちょっと信じ難い。むしろ、嘉永三年（1850）頃、世相を諷刺したようなことをいって、江戸払になってしまったということだろう。

扇歌の最期については前章に書いたとおりである。辞世のドドイツはあまり感心しないが、口ずさみながら死んだという、「今日の旅、花か紅葉か知らないけれど、風に吹かれて行くわいな」という方は扇歌らしくていい。

昨年、平成十八年九月の初めに、私は石岡市を訪れた。

昭和六年、扇歌の八十回忌を記念して町の有志により扇歌堂の建立が計画され、浄財を募って昭和八年に国分寺境内に完成した、その扇歌堂と、姉の桃経とともに眠っているという扇歌の墓に詣るためだった。

生憎に雨が降る日だった。

石岡駅に隣接した観光案内所で尋ねると、国分寺までは歩いていける距離のようなので、地図をもらってぶらぶらと歩いていった。

メイン・ストリートは近代化が進んでいるようだったが、十五分程歩いて裏通りへ入ると、門構えの剣道場などもあったりして、古い町並みの風情もまだ、其処此処に残っていた。

扇歌の木像（横山一雅作）を祀った扇歌堂はすぐわかった。お詣りして、その脇を通って本堂の裏手の墓地に出ると、扇歌の墓を示す標示板が立っていた。標示板の指示にしたがって、その辺りを捜したが、墓はなかなか見つからなかった。

どうやら標示板は放置されていたものを、いい加減に立てかけて置いたものだったらしく、今は扇歌のことを顧る人もいないのだろう、簡単に見つかるものと思っていたのは考えが甘かった。墓地全部を見て廻るには列車の時間もあり、また雨降りの中でもあり、心残りではあったが、あきらめて千手院を後にした。

第二十八章　河東節の謎（一）　助六由縁江戸桜

平成二十年正月の歌舞伎座の夜の部は、歌舞伎十八番の「助六由縁江戸桜《すけろくゆかりのえどざくら》」である。助六はもちろん、市川團十郎で、揚巻は福助の初役である。

市川家の助六の時には河東節連中が出演することになっている。今回は助六の上演が決まったのが十一月だったので、河東節の十寸見会では急遽、十一月末から稽古に入った。その後、師走も押し詰った二十八日に総稽古、二十九日に舞台稽古と、何ともせわしない年末になった。

私は学生時代から荻江節をやっていたが、河東節は渡辺やな師から、助六だけはやっておきなさい、といわれて習ったのが最初で、それも昭和三十年頃のことである。

その後も専ら荻江ばかりやっていたが、以前にも書いたような、やな師の去就問題が起こり、それが治まって、海老様といわれた九代目海老蔵の十一代目市川團十郎襲名興行が一段落した昭和三十八年、十寸見会がやな師のお湊い会を催してくれたが、その時、今度の会は十寸見会の主催なので、荻江ではなく、河東節をやってもらいたい、といわれて習ったのが「きぬた」だった。

その後、河東もボツボツ教えて頂いて、十何曲かは習った。河東節連中としての劇場出演は、先代團十郎（十一代目）丈の最後の助六、昭和三十九年十月、東京オリンピックの時の歌舞伎座だった。

その後、転勤など勤め人生活の都合で、一時中断したが、現團十郎（十二代目）丈の襲名以後は殆ど毎回出演させてもらっている。

最初に河東節連中として出演して以来、四十数年の月日が流れ、当時のメンバーの殆どは鬼籍に入られ、今更ながら過ぎ去った時の重みを痛感せざるを得ない。

さて、今の「助六由縁江戸桜」という芝居の名題だが、これは本来河東節の曲名である。

助六の芝居の初演は、口上の文句にあるように正徳三年（1713）四月、山村座で、助六は二代目團十郎だった。「花館愛護桜《はなやかたあいごのさくら》」

二代目團十郎は、その三年後の正徳六年（六月に享保と改元）二月にも中村座で助六を演じている。「式例和曽我《しきれいやわらぎそが》」

二代目團十郎の一世一代と銘打っての三度目の助六は寛延二年（1749）、中村座での「男文字曽我物語」で、この時に今の助六の形がほぼ出来上がったといわれている。

二代目團十郎の最初の助六の時の浄瑠璃は一中節という説もあり、また半太夫節ともいわれ、はっきりしないが、二度目の助六の時は半太夫節だった。

河東節が初めて使われたのは、享保十八年（1733）春の中村座の「英分身曽我《はなぶさぶんしんそが》」の時で、河東節の名題は「富士筑波二重霞」、助六は市村竹之丞（後のお八代目羽左衛門）だった。

二代目團十郎の三度目の助六の時は河東節で、河東節の名題は「助六廓家桜《すけろくくるわのいえざくら》」である。

二代目團十郎は宝暦八年（1758）に亡くなったが、その三年後の宝暦十一年の春、市村座で市村亀蔵、後の九代目羽左衛門が河東節で助六を演じたのが「江戸紫根元曽我」で、この時の河東節の名題が「助六所縁（今は由縁と書く）江戸桜」である。

芝居の名題からもわかるように、助六の芝居は元は曽我狂言の一部だったのだが、やがて独立した一幕物として上演されるようになる。それで、助六、実は曽我五郎、白酒売が曽我十郎などということになっているのである。

一幕物として上演されるようになったのは天明（1764～1772）以後といわれている。

河東節は初めの頃、助六上演の都度、新曲が作られていたが、その後、既成の曲を使うようになった。河東節をやる連中が次第に少なくなってきたからと思われる。

元は河東節の名題である「助六所縁江戸桜」を芝居の名題に使ったのは七代目團十郎のようである。

宝暦十一年（1761）に、市村座の座元である九代目市村羽左衛門（当時は亀蔵）が、河東節「助六所縁江戸桜」で助六を演じて以来、「助六所縁江戸桜」は他座では遠慮して使わなかったという。（佐藤仁『助六の江戸』）

その例を破って、河原崎座で、六代目團十郎七回忌追善として「御江戸花賑曽我《おえどのはなにぎわいそが》」の二番目に河東節「助六所縁江戸桜」で助六を演じたのは初代市川男女蔵で、文化二年（1805）春のことである。

初代市川男女蔵は、二代目市川門之助の長男で、俳名新車、後に海丸、屋号は滝野屋。天明九年（1781）生まれで、天保四年（1833）没。五代目團十郎門下で弁之助といったが、寛政元年（1889）春、中村座で男女蔵となる。文化・文政期の名優として知られている。

歌舞伎十八番を制定した七代目團十郎の初助六は文化八年（1811）二月、市村座での四代目海老蔵の三十七回忌、五代目白猿の七回忌、六代目團十郎の十三回忌の追善興行だった。

海老蔵、白猿などとあるが、それぞれ、四代目團十郎、五代目團十郎のことである。

この時の芝居の名題は「陬蓬莱曽我《むつまじきほうらいそが》」で、河東節は「助六所縁江戸桜」だったということになっている。

岩波文庫の『助六所縁江戸桜』（守随憲治校訂）の解説によると、同書の底本は、文化八年二月十八日初日の市村座に於ける七代目團十郎初演の助六の台本である、となっている。

それ以下は、次のようにある。

「本書に飜刻した物は、市川三升事堀越福三郎氏の秘庫に珍蔵されるもので、未飜刻である。特に今回貸与せられたので、衷心御厚意を謝する。従来、助六劇の台帳で飜刻されているものは、天明二年（1782）の「助六曲輪名取草《すけろくくるわのなとりぐさ》」と寛政十一年（1799）の「廓の花見時」と大正四年の「助六由縁江戸桜」（型附き）等であるが、ここに収録したものは「助六曲輪名取草」に非常に接近している」

天明二年の「助六曲輪名取草」は半太夫節の名題で、芝居の名題は「七種粧曽我」、助六は五代目團十郎、揚巻は中村里好、意休は講談や落語でお馴染みの中村仲蔵で中村座で興行された。

寛政十一年の「助六廓花見時《すけろくくるわのはなみどき》」も半太夫節の名題で、芝居の方は「大三浦伊達根引《おほみうらだてのねびき》」、助六は六代目團十郎の初演、揚巻は四代目岩井半四郎の子で文化元年（1804）五代目半四郎を継いだ岩井粂三郎、意休は享和元年（1801）に五代目幸四郎となった松本高麗蔵で中村座で興行された。

いずれも中村座で半太夫節による助六だった。

大正四年の「助六由縁江戸桜」は、歌舞伎座で十五代目市村羽左衛門が二度目の助六を演じた時のものである。河東節は「助六由縁江戸桜」で、芝居の名題も同じである。

さて、文化八年の七代目團十郎初演の助六であるが、前掲の岩波の『助六所縁江戸桜』の解説に、「浄瑠璃について一言しておく」とあって、次のように書かれている。

「明確でないが、(七代目團十郎初演の助六は)河東節でなく半太夫節を使ったらしい。併し、その詞章が本文には簡略にされていて、助六の出になるまでの前段の部分が記されてない。この形式は天明二年の「助六曲輪名取草」の台帳にそのまま発見されるが、思ふに、規定通りの順序である所から、省筆される慣はしになっていたのであるまいか」

僅かに出ている唄の詞章は河東節の「助六由縁江戸桜」にはない。それで守随先生は河東節ではなく、半太夫節ではなかったか、といわれているのである。

前に、助六上演の時には、その都度新曲が作られていたと書いたが、河東節には助六に関する曲が何曲もあった。

しかし、今に伝わっているのは二曲だけで一曲は「助六由縁江戸桜」、もう一曲は、二代目團十郎が一世一代と銘打って演じた、寛延二年、三度目の助六の時の「助六廓家桜」である。

そこで、「助六廓家桜」の歌詞を照合してみたが、やはり当てはまらなかった。

名題が「助六所縁江戸桜」なので、河東節に違いないと思い、曲は失われてしまったが詞章の残っているものを当たってみたところ符合するものが出てきた。

それは、安永五年（１７７６）春の市村座、「冠言葉曽我所縁《かむりことばそがのゆかり》」という曽我狂言の時の河東節で「助六由縁はつ桜」である。

この曲は『十寸見要集』では「助六廓花道」となっている。前出の『助六の江戸』によると、この助六は二代目市川八百蔵、意休は坂田半五郎だったが、二人共病気のために休場し、九代目羽左衛門の助六、四代目團十郎の意休で続演して評判だったという。

文化八年の市村座の台本に出ている助六の詞章のうち、「人目の関」以下は、一部分を除いて、この「助六廓花道」と一致する。

相違の部分は、台本の方は「土手八丁の風にさへ、音せぬ花の塗鼻緒」とあるのに、「助六廓花道」は、「堤八丁草そよぐ、草に音せぬ塗鼻緒」となっている。

しかし、前半の部分、「雨雲の晴れて会ふ夜をせかれては、東橋と謎かけて、思ひぞ渡る花川戸」という文句の該当する曲が河東節には見当たらなかった。

念のため、半太夫節の歌詞を調べたところ「助六廓の花見時」の詞章と一致した。後半の「人目の関」以下の文句は「助六廓花道」と同じであった。したがって、相違部分も残った。

しかし、その一部分の違いを除けば、半太夫節の「助六廓の花道」の歌詞と同じということは、七代目團十郎の初助六は、やはり守随先生のいわれるように、半太夫節での上演だったのか。しかし、この時代の半太夫節の出演は中村座に限られており、市村座での半太夫節とは、どうも考えにくい。

この市村座の番附は、守随先生の解説によると、まだ見つかっていないそうだから、いずれ発見されれば何かわかるかもしれない。

第二十九章　河東節の謎(二)「松の内」

昭和二年刊の日本音曲全集の『古曲全集』には、河東、一中、薗八、荻江の詞章と解説が出ているが、その河東節の「松の内」の解説に、

「この曲は、享保三年（1718）正月、市村座で上演した鶴見一魚作の『傾城富士《けいせいふじ》の高《たか》根《ね》』で三条勘太郎の化粧坂の少将が出端の合方に半太夫の脇語りであった初代河東が初めて独立して河東節といふ新風を興し、タテを語った記念浄瑠璃である」

と載っている。

初代河東が河東節を創始したのは享保二年か、享保三年で、その時、初めて語った浄瑠璃が「松の内」ということになっている。

ここでは享保三年となっているが、『歌舞伎年表』によると、この市村座の「傾城富士の高根」は享保二年の上演となっている。

河東節の資料として有名な『江戸節根元由来記』（以下、『根元記』と略称）の「松の内」のところには、

「まつの内、此浄瑠璃、半太夫と河東破談に相成、初て出来る、此松のうちの元の起りは

新吉原三浦屋何某とかいへる女郎、享保戌年（享保三年）正月元日戌の日なりし時、二日に中の町へ年礼に出ける時、下紐とけ、中の町を引歩行けり、跡よりつき添ふ遣り手、若ひもの、新造、禿に至まで、気の毒に思ひながらも、おいらんへ雑言いひがたく、茶屋へ腰を懸し時しらせ、引あげさすべし、と皆々おもひけるに、漸何とかいへる茶屋の前にて、彼緋縮緬のいもじ落し時、かの女郎、打掛三つ重ね着せしが、うちかけともに下帯の上へおとし、しらぬ顔にて行過ける、跡にて遣り手、打掛にて下帯を包み取り上て、其茶屋へ呉れ遣しけるとかや、其気前皆感じ、竹婦人も是を七種迄の文に作り、松の内と名づけて、大にはやりし也、どこの女郎の下紐とは此事なり、其春狂言に、芝居にて興行有り、誠に貴賤群集して、桟敷も落し程の大入也、節付は元祖河東、三絃は梅都と中盲人手附なりと云ふ、夫より源四郎前弾附けしなり、是より河東相方となる」

とある。ここに「其春狂言に、芝居にて興行あり」というのが、「傾城富士の高根」で、『根元記』では享保三年となっている。（なお竹婦人とは岩本乾什という俳人で河東節の作詞者として有名）

しかし、幕末の著名な雑学者、山崎美成《やまざきよししげ》の『三養雑記』の「河東節」の項には、「享保三年、半太夫と河東と、師弟の中むつまじからで、別に一家の風をかたり出したるは、次の享保四年なり。その春、松の内といふ浄瑠璃を作りたり。その文句を徴とすべし。二日は茶屋にゐ（亥）の日にて、三日は客のきそはじめ、だいてね（子）の日と一たきの、かほりほのめくおくざしき、君がちびきのうしの日や、うしとやいはんわがおもひ、いつかやみなん、中略、とらにあふとて裳は露。とあるをもて、古暦によりて考るに、享保四年正月元旦戌の日なり。七日までの十二支をおぼめかし、つくり入れたるものなり」

とあり、「松の内」を享保四年の作としている。

山崎美成は、姓は源、通称は久作、字は久卿、北峰、また好問堂と号した。下谷長者町に住み、長崎屋新兵衛と称して薬舗を営み、家業の傍ら著述に従事、後に鍋島内匠頭に抜擢されて禄仕したが、安政三年（1856）没、享年六十一歳というが、一説には文久三年（1863）没、享年六十七歳とも伝えられる。（『日本随筆大成』の解説）森銑三先生は後者、『名人忌辰録』では、通称長崎屋新兵衛で、後に久作、晩年零落す、とあって、文久三年没となっている。

文久三年没で享年六十七歳とすると、安政三年没の場合の享年は六十歳でないとおかしい。

美成は古暦を調べて確かめたのだろうから、「松の内」が出来たのは享保四年ということになる。そうなると、『傾城富士の高根』との関係はどうなるのだろう。

その享保四年三月に、河東は最初の河東節集『仁保鳥《にほどり》』を刊行している。

江戸半太夫事坂本梁雲の序文に、河東の跋があり、文字を書いたのは初代蘭州である。

蘭州は、蔓蔦屋という吉原の妓楼の主人で、庄次郎といった。『吉原雑話』には、

「蔓蔦屋蘭州は、広沢の門人、又持明院流の御流は加賀家山本源右衛門殿に学ぶとかや、将棋も上手也」

とある。広沢とは細井広沢のこと。広沢は儒者で書を能くした。持明院流は、藤原行成を祖とする世尊寺派から別れた書道の一派である。

昭和四十二年（1967）は享保二年（1717）から数えて二百五十年になり、盛大に河東節二百五十年祭が行われたが、その一環として、『河東節二百五十年』（竹内道敬編）が出版された。。それによると、享保八年刊行の河東節集『鴫鳥万葉集』にも、まだ半太夫の名と紋があり、今のところ、「半太夫ぶし」の字がなくなるのは享保七年の「式三献神楽獅子」（正本）から、であるという。

本（『鴫鳥万葉集』）が出るまでには一年位はかかるので、半太夫と河東の破談というのは享保七年頃のことかもしれない。

それまでは、半太夫節の河東だったのだろう。理由はおそらく、次第に河東の人気が高くなり、家元の半太夫を凌ぐ程になってきたからと思われる。

初代の河東は人気絶頂の享保十年七月に死んでしまう。

斉藤月岑の『声曲類纂』に載っている、今は失われてしまった築地成勝寺の河東の墓碑の文によると、

「行年四十有二。享保乙巳（十年）秋七月二十日以病卒。葬築地本願寺堂塔成勝寺、即葬者以千数」

とある。千人もの人が河東の死を惜しんでその葬儀に参集したというのである。河東の人気や思うべしである。

享保二年の「傾城富士の高根」と享保四年の「松の内」との関係は依然わからないが、原武太夫の『なら柴』に、次のようにある。

「(山彦源四郎は)、河東、市村竹之丞座にて、傾城富士の高根といふ狂言の節に、吉原松の内といふ浄瑠璃［つるみ一魚作也］語りし時より、河東相方とは成りたり、古今の妙手故、其以後出る新浄瑠璃手付面白し」

原武太夫については、前にも何度か触れたが、御留守番与力（御先手与力ともいう）という幕臣でありながら、三味線の名手だった。初名富五郎・富之丞、本名盛和、芸名岡安原富、号は観流斎などと称した。元禄十年（1697）生まれで、寛政四年（1792）没。享年九十六歳という長寿だった。『なら柴』の他、『隣の疝気』、『断絃余論』等の著書

がある。

武太夫は享保二年には二十一歳になっている。半太夫や初代河東とも交流があったというから、武太夫が書いていることは事実に違いない。

初代山彦源四郎は、三絃の名手木村又八の門弟で、始め村上源四郎と云い、半太夫節の三味線を弾いていたという。

市村座の「傾城富士の高根」で初代河東がタテを語った時以来、源四郎が河東の相三味線となり、初代河東の死後も四代目河東に至るまで河東節の立三味線をつとめ、新浄瑠璃の節付けをして名人の誉れが高かった。

河東節の基礎は源四郎によって作られたといわれている。

源四郎が村上姓を改めて山彦を名乗った経緯については、『江戸落穂拾』（第七章、扇面亭伝四郎（三））に書いたので、省略する。

源四郎は宝暦六年（１７５６）に他界した。享年は不明。

武太夫は河東節の創派については何も触れていない。やはり半太夫節の一派として考えていたのかもしれない。

また武太夫は『傾城富士の高根』という狂言が何時上演されたのかについても何も書いていないので、『歌舞伎年表』の享保二年説と、『根元記』の享保三年説と、さらに山崎美成の『三養雑記』の享保四年説と、いずれが真実なのか、混沌として不明である。
山崎美成の「松の内」の詞章による考証も謎を一そう深めただけで終わったようだ。

第三十章　河東節の謎(三)　河東節連中（上）

三升屋二三治の『賀久屋寿々兎《がくやすずめ》』の「太夫之部」の最初に、

「江戸半太夫半太夫節といふ近年助六の外出勤なし昔の芝居今の豊後節の如く替り日に出勤有て浄瑠璃いつる江戸河東河東節といふ助六の外半太夫に同し

半太夫節は中村座河東は市村河原崎座なり近年木挽町へ河東節無人にて断の節より半太夫にて助六勤し事有て古例となる又又河東の持の由聞及ふ両家共に頼みによって出勤する客同様の取扱なり故給金無之」

とある。『賀久屋寿々兎』の終わりに、弘化二年秋（１８４５）、と見えているから、それから推測すると、河原崎座（木挽町）で河東節が無人で半太夫に替わったというのは、少し以前になるが、文政五年（１８２２）の五代目幸四郎の助六の時ではないかと思われる。揚巻は、葛飾北斎が、これ程の名優はいない、と絶賛したという三代目菊五郎だった。

今日、歌舞伎十八番の「助六由縁江戸桜」が上演される時、河東節連中として素人の旦那衆が出演する。

今は、助六の幕が揚がると吉原三浦屋の前で、座頭格の役者が助六の芝居の由来を述べて下手へ下がり、そこで三浦屋の格子内に並んだ河東節連中へ向かって、「河東節御連中様、どうぞ、お始め下さりましょう」といって頭を下げるのが切っ掛けで河東節が始まり、金棒曳きの出となる。

それに続いて、並び傾城の場となるのだが、実は助六の芝居にはその前段の部分があるのである。今ではカットされるのが普通だが、昔の例えば大正四年に有名な十五代目羽左衛門が二度目の助六を演じた時の台本などを見ると載っているので、その通りに上演されたに違いない。

その大正四年の助六でも口上は芝居の最初に出てくる。

江戸時代はどうだったかについて、同じく二三治の『芝居秘伝集』の「頭取河東節の口上」に、次のようにある。

「助六狂言のとき、白酒売出たる跡へ頭取上手に出て河東節連中の役觸を読んで、仕舞に、「いよいよ此の所河東御連中様方上るり初まり、左様に御覧下さり升ふ」といふ。「元来河東節連中は芝居より頼みたる者ゆへ、斯く取扱ひも重く、御の字を付く」

これによると、河東節が始まる時に芝居の途中で頭取が出てきて口上を述べたようだ。

頭取というのは、古い時代には、代々由緒ある古老の役者が勤めた楽屋の総取締役で、大変権威があったという。もっとも、幕末には「頭取はいらぬ役者の捨所」といわれる程、その権威も落ちたらしいが、宝暦から寛政頃までの十八世紀の後半には、まだそんなことはなかったと思われる。

河東節連中として、いつ頃から素人の旦那衆が出るようになったかについて書かれたものはあまりない。『歌舞伎十八番』（戸板康二）には、「これは河東節の伝統を守ってきたのは富裕階級の旦那衆だったので、芸人扱いせずに厚く対したのが慣例になった」としている。

明治四十三年刊の『俗曲評釈』のうちの「河東節」で、解説者の佐々醒雪は次のようにいっている。

「河東節の浄瑠璃を職業としているものは、寛政ごろから漸く絶えて了って、専ら蔵前の通人連などの間にのみ残っていた所から、助六の狂言には、この通人連中に助力を仰いだ習慣が存しているのである」

として、それを寛政以後のこととしている（寛政十二年が千八百年である）

ここには河東節のことしか出ていないが、半太夫節の方はどうなっているのだろう、三升屋二三治によれば、「両家共に頼みによって出勤する客同様の取扱なり」とある。両家とはもちろん、河東と半太夫を指している。

半太夫節も河東と同じ待遇なのである。

半太夫節も河東と同じく素人の旦那衆が出演していた。

一番自然なのは、半太夫節の方が先に特別扱いを受けていて、半太夫節から出た河東節が同様の扱いを受けるようになった、ということだが、そうした形跡はない。

そこで考えられるのは、宝暦十四年（1764）正月の中村座の助六のことである。

その時、四代目の伝之助河東が出演のはずだったが、伊勢参りに出かけていってしまった。中村座では困って沙州（後の五代目河東）、蘭洲（二代目）に掛け合ったが不承知で、評議の結果は中止と決めたが、座元からは、狂言もすべて決めて準備してきたので今更止めることは出来ない、といわれ、急遽半太夫へ依頼することになったのである。この事件以後、中村座の助六は一度の例外、安永八年（1779）の「御攝万年曽我《ごひいきまんねんそが》」を除いて、すべて半太夫節となるのである。

この宝暦十四年（六月に明和と改元になる）に急遽出演を依頼された半太夫は、初め二代目宮内と称した宮内半太夫ではないかと思われる。宮内半太夫は元祖半太夫の孫で、元祖の次男だった二代目半太夫の長男である。元祖半太夫の長男だった宮内は早生、三男の半三郎は、元祖半太夫が薙髪後の名、梁雲を継いだが、これらの誰を半太夫と数えるかで諸説あり、宮内半太夫を三代目とも、四代目ともいう。

蜀山人の狂歌集『巴人集』に次のような記述がある。

「長月二十日、吉田蘭香のもとにて、はじめて市村家橘にあひて、

よい風が葺屋町から来る客は

今宵の月をめで太夫元

けふなん、中興金枝半太夫か三回の忌日なりとて、原夏若の三味線にて、家橘半太夫かたりけれは、

半太夫もとをわすれぬ一ふしも

けふきく月のはつかにそしる

をなしむしろにて、誌仲千年千年（千年千年ト続ケル）の、一ふしをかたりける、年は八十あまり四とかや」

吉田蘭香は画家で、東牛斎と称した。

原夏若は原武太夫の息子である。『巴人集』の別のところに、

「観流斎原富（武太夫のこと）は、近代三絃名たたる人なり。其子夏若子、たはれ歌の名をこひ侍りければ布留絲道と名つけ侍るとて、

いく千代もふるの絲道跡たへぬ

君かちすぢをたれかさみせん

」

とある。これによると、夏若は蜀山人に狂名をつけてもらったようで、またこの文や前の記事から夏若が半太夫節の三味線を弾いたことがわかる。歌の文句にもある通り、やはり血筋なのだろう、

前の「長月二十日、云々」の記述に戻るが、ここに出てくる中興金枝半太夫とは明らかに天明元年（1781）九月二十日に亡くなった宮内半太夫のことである。

この半太夫については後廻しにして、先に家橘についていうと、これは天明五年に六十一歳で亡くなった九代目羽左衛門の初代家橘である。

この羽左衛門は明和の初め頃に原武太夫から『なら柴』に載っている覚書を貰った羽左衛門で、そのことについては『江戸落穂拾』の第三十章の「原武太夫の覚書」に書いた。

そういった武太夫との関係からみて、息子の夏若とも懇意であったと思われる。夏若の年齢はわからないが、元禄十年生まれの武太夫は羽左衛門が生まれた享保十年には二十九歳であり、夏若がその前後の子とすると、羽左衛門とは近い年齢だったと考えてもおかしくない。

さて、宮内半太夫だが、中興金枝半太夫とある。金枝半太夫という名称は初めて知った。そう名乗ったものか、或いは、賛辞を込めての尊称なのか、不明。ちなみに、金枝には血筋が正しいという意味がある。歴代の半太夫は、この宮内半太夫を除いて、すべて生

没年が知れない。宮内半太夫も没年忌日のみ、天明元年九月二十日とわかっている。これは天明七年の中村座で、この宮内半太夫の七回忌追善興行があったことではっきりしている。『巴人集』の記述から、その享年が八十四歳だったことがわかる。逆算すると、元禄十一年（1698）生まれである。元禄十年生まれの原武太夫とは一つ違いである。中村座のその時の番付では、宮内半太夫を四代目としている。

端的にいうと、中興金枝半太夫という呼称から、この半太夫の半太夫節の歴史に占める地位の大きさと重さを感ずるのだが、それが宝暦十四年の中村座の事件に大いに関係があると睨んでいる。

第三十一章　河東節の謎(四)　河東節連中（下）

河東節で素人旦那連中が初めて劇場に出演したのを、『江戸落穂拾』（第十九章）で、寛延二年（1749）の二代目團十郎一世一代の助六から、宝暦十一年（1761）の「江戸紫根元曽我」（河東節は「助六由縁江戸桜」）の間と推定した。その理由は大和屋文魚と平野竹雅という素人でありながら名人といわれる人物の出現である。

この二人について、『十寸見編年集』には「両人とも風調に遊び、世業をなさず。近世の名誉なりと云」とある。『江戸節根元由来記』には「両人共に近世の名人也」と出ている。竹雅は隠居とあるだけで、その他のことは不明だが、文魚は蔵前の札差で当時十八大通と称された通人達の頭といわれた人物である。三升屋二三治の『十八大通』によると、江戸中の大通といわれるような者は皆文魚と親分子分のような関係になって、文魚の所は女郎買いの稽古所といわれた。文魚はまた、取り巻きの連中が河東節をやらないと機嫌が悪く、誰も彼も河東節をやらされた」という。

そうした連中を引き連れての出演だったと思われる。

寛延二年中村座の二代目團十郎一世一代、三度目の助六は、「男文字曽我物語」で、河東節は「助六廓家桜」である。

この時、文魚十九歳、五歳年上の竹雅は二十四歳。文魚の年齢からして、ちょっと若過ぎる感じがする。

次の河東節による助六は七年後の宝暦六年中村座の「長生殿常桜《ちょうせいでんふだんざくら》」で、河東節は「富士筑波卯月里《ふじつくばうづきのさと》」である。

二代目幸四郎が四代目團十郎となっての初助六で、意休は二代目沢村宗十郎、揚巻は瀬川菊次郎。

寛延二年から宝暦六年までの間に、河東節が出たと書いてあるものもあるが、『歌舞伎年表』や『江戸芝居年代記』(『未刊随筆百種』)では確認できなかった。

二代目團十郎栢莚は享保二十年(1735)に二代目海老蔵と改名して、宝暦六年の四代目團十郎の初助六の時、まだ健在で二幕目の助六には出なかったが、大江左衛門将門と手白の猿の精という役で出演している。

この時、文魚は二十七歳、竹雅は三十二歳。

いずれも男盛りで、諸条件から考えると、素人旦那衆の十寸見連の初出演はこの時の可能性が一番高そうだ。

そのさらに五年後の宝暦十一年(1761)市村座の助六が「江戸紫根元曾我」で、河東節は「助六由縁江戸桜」である。

助六は市村亀蔵（後の九代目羽左衛門）、揚巻は二代目瀬川菊之丞、意休は二代目宗十郎、白酒売が四代目團十郎だった。（以上、前に書いたものと重複するところが多いが、一応挙げておいた。なお、二代目團十郎は宝暦八年に没した。）

伝之助河東が伊勢参りに出かけていって中村座の出演をすっぽかした問題の助六、「人来鳥春告曽我」はその三年後の宝暦十四年のことである。（その年、六月に明和と改元）

助六は市川雷蔵、意休は二代目大谷広右衛門、揚巻は中村松江だった。

河東のドタキャンで困った中村座が急遽半太夫に出演を要請して来た時、半太夫の出した条件が、河東と同等の待遇、ではなかったか。そしてこの時の半太夫が宮内半太夫と思うのである。

半太夫節についてはわからないことが多い。

元祖半太夫は享保の頃には既に亡くなっていたと思われるのだが、『関東名墓誌』には、「江戸半太夫、寛保三年（１７４３）正月二十三日没、深川霊岸町十八　浄心寺　幼名半之丞　薙髪後坂本梁雲ト云フ　説経祭文ニ巧ナリシヲ　肥前太夫誘フテ浄瑠璃ニ移ラシメ一派ヲ為ス　即チ江戸半太夫節ナリ」

とある。

元祖半太夫が幼名を半之丞といったのかはわからないが、半之丞という名は原武太夫の覚書（『なら柴』）に出ていて、「右半之丞は元祖河東師匠にて、上手と世に知る」とあり、『江戸節根元由来記』のその武太夫の覚書の引用部分には、「世に知る名人」と載っている。

元祖半太夫の長男の宮内は早生、次男の半次郎が二代目半太夫となり、三男の半三郎が元祖が薙髪後に名乗った坂本梁雲を継いだといわれている。

二代目半太夫は別号を坂本梁珉といった。宝暦五年（１７５５）市村座の「こだから愛護曽我」に半太夫節として坂本梁珉が出ている。半太夫節は「今様二人助六」。

この梁珉を二代目半太夫とすると、宝暦五年にはまだ存命で、寛保三年に死んだ半太夫はいったい誰なのか。

また二代目半太夫の長男である宮内半太夫は元禄十一年生まれであるから、宝暦五年には五十八歳になっている。とすると、親の二代目半太夫は八十歳前後になるはずで、その年齢で劇場に出たということになる。もしかしたら、寛保三年に死んだのは二代目半太夫で、宮内半太夫は二代目梁珉を襲ったのかもしれない。わからないことだらけだが、『歌舞伎年表』や『江戸芝居年代記』で拾うと、その宝暦五年の市村座に続いて、宝暦九年の中村座、宝暦十二年の中村座と半太夫節の出演記録が出ている。

その後が宝暦十四年、問題の中村座の助六「人来鳥春告曽我《ひとくどりはるつげそが》」で、河東節から半太夫節に急遽変更になった。

元祖半太夫の頃、半太夫節は堺町に操り座を持っていたが、その経営に行き詰まった時、紀伊国屋文左衛門の援助で立ち直ったという。

しかし、享保の五、六年頃に再び経営が悪化して休座の後に、上方から下って来た著名な人形遣い辰松八郎兵衛に座を明け渡した。

また半太夫節から出た河東に人気を奪われ、元祖河東没後もずっと河東節の後塵を拝してきた。

じり貧気味の半太夫節に対して、河東節には大和屋文魚や鯉屋藤左衛門（鯉藤）等、いずれも十八大通といわれた裕福な札差や魚河岸の大物の後援者がいて、その格差はますます拡がる一方だったと思われる。

そんな情況下、一番口惜しかったのは、半太夫節の総帥である宮内半太夫だったであろう。

元文頃（1736～1740）と思われるが、当時の流言に、
「河東裃、外記袴、半太羽織に、義太股引、豊後可哀や丸裸」
というのがある。

半太夫節は羽織姿であるのに、その半太夫節から生まれた河東節は裃姿に例えられている。

宝暦十四年の正月、中村座から急な出演を要請された時、宮内半太夫は河東節と同じ扱いを要求したのではないだろうか。

それが半太夫節の本来の面子であり、矜持である。

にっちもさっちもいかない状態にあった中村座は、それを呑むしかなかった。

もしかしたら、宮内半太夫はもう一つ別な要求をしたかもしれない。

それは、以後中村座では河東節は出演させず、江戸節は半太夫節のみとする、という約束をとりつけたのではないか、とも考えられるのである。

確かに、それ以後、一度の例外を除いて、中村座では半太夫節の出演のみである。

一度の例外というのは、安永八年（1779）春、中村座の「御攝万年曽我」で河東節は、「助六廓家桜」である。

助六は二代目市川門之助、揚巻は四代目岩井半四郎、意休は三代目大谷広右衛門だった。

この狂言は大入大当たりで、中でも門之助の評判がよく、是より次第に立身す、と『十寸見編年集』にある。

宝暦十四年の河東の違約は、半太夫節が代って出演してくれたお陰で、穴をあけずに済んだが、中村座にしてみれば、河東の行為は許せなかったのだろう。以後河東節は中村座に出演させないという約束を半太夫と取り交したかどうかはわからないが、その後中村座の江戸節は半太夫のみとなった。

問題の張本人、四代目伝之助河東は七年後の明和八年に世を去り、次の五代目平四郎河東も安永五年（１７７６）に亡くなり、一件から十五年が経過した安永八年（１７７９）の中村座の河東節の出演は中村座と河東の間に入って口をきく人が現れ、その口添えで実現したものという。

しかし、それも一回だけに終わり、以後はまた、半太夫のみの旧に復した。

話を宮内半太夫に戻すが、『巴人集』に出ている中興金枝半太夫という名称は、低迷していた半太夫節の地位を河東節と同等にまで高めて、その面目を回復させたことによる、讃辞を込めた呼称ではなかったのか、という気がするのである。

第三十二章　河東節の謎(五)　愚性庵可柳

江戸時代には無数の音曲の流派が生まれては泡のように消えていったが、その個々の歴史や唄うたい、太夫などについては殆ど詳しいことは知られていない。

前回の半太夫節でもわかるように、殊に江戸前期に関しては不明なことだらけであるが、そんな中で、河東節については比較的わかっている。

河東節という浄瑠璃は、好きな人にとっては熱狂的に好きになるような要素を持っているようで、愚性庵可柳は『江戸節根元由来記』、芳室蕙洲は『十寸見編年集』にそれぞれ、河東節の歴史やその時々の太夫、三味線弾きのこと、さらに曲の成り立ちなどを書き残してくれているので、これらを読めば、ある程度のことは知ることが出来る。

可柳と蕙洲の二人のうち、蕙洲については『十寸見編年集』の大槻如電の書き込みから、金座の役人だったことがわかっているが、可柳に関しては『根元由来記』の跋にあること以外は不明だ。『根元由来記』の最初の部分は、原武太夫の覚書と菊岡沾涼の『世事談綺』からの引用であることは『せんすのある話』の第二十三章で述べたが、その後に次のような記述がある。

第三十二章　河東節の謎（五）　愚性庵可柳

「寅の冬十二月認め、いけの端勝原氏より能味富暁へ送り、夫より後に富暁事十寸見藤十郎と改、予、同人門弟にて、此道至て懇望ゆへ、譲り受るなり　　　　　可柳　」

元祖河東の死後、弟子の河丈が二代目河東を継ぎ、『根元由来記』によれば、二番弟子の夕丈が二代目藤十郎となった。後に二代目藤十郎は法体《ほったい》して栄軒と改め、鳥越辺の御屋敷に三十人扶持で医師として召し抱えられた、とある。（鳥越辺の御屋敷とは松浦家のことである）

能味富暁というのは、その栄軒の弟子で後に栄軒から三代目藤十郎の名をもらった。二代目河東は享保十九年（１７３４）に亡くなり、弟子の宇平次が三代目河東となった。

能味富暁は、初めは藤十郎の栄軒の方ではなく、河東の側で東佐といって活躍していた。品川の生まれで根津茶屋次郎右衛門という者だった、と出ている。三代目の宇平次河東は延享二年（１７４５）に死んで、宇平次の甥の伝之助が四代目河東となったが、その時、跡目争いがあったのか、東佐はその名を返上して能味富暁と名乗った、と載っている。

それで、河東方と袂を分かち、栄軒側へ行ったものと思われる。『根元由来記』には、「此者至極の名人なり」と出ているから、実力はあったのだろう。

前出の可柳の記述にある、寅の冬十二月については、後で触れることにする。

可柳は『根元由来記』の跋で次のように書いている。

「壮年の頃より、此道に心を寄て、束の間も忘るることなく、師にたよるといへども、愚にして人並にも成がたく、せめて水の波打音の辺り、竹の節間のわたりたる数をわづかに尋、心をなぐさめんと、日々夜々其奥意を闡《あらわ》して、わづかの草紙にかくは作るなり、もはや七十次にもなれば、世をのがれんとし月のしたしき名にまかせ、形身ともならんかと、しめしまいらせ候、是まで心を労せし輩も、古人となりければ、此道の事、尋る人もなく絶なんこと、余り歎かはしくおもひ、後の人のたのしみ、亦は余の人に問れ、あひさつもならんかと、書おくのみ、かならずしも、余の人にみせられんこと、かたくことわり、はづかしむるのみ、

なには是みぢかき長し節の間も
あはで此世へへた名のこれり

文化元年甲子五月
愚性庵可柳」

以上は、『燕石十種』にある『根元由来記』から引用したが、同書は写本として伝わっ

た為に記事に多少の異同はあるようだ。

これらの従来本に対して異本が見つかり、その異同について分析検討した詳細が、尾崎久弥の『江戸軟派研究』に載っている。

異本は享和二年（１８０２）に謄写したものを嘉永三年（１８５０）に写したという識語があり、本の題名が『江戸節根元集』で、表紙外題は『竹露随筆』となっているという。

燕石本と違う記事のうち、一番気になるのは可柳の跋で、前掲の文化元年日付の跋の「もはや七十次にもなれば世をのがれんとし」というところが、「最早七十にも二ツ三ツなれば、世をのがれんと」となっているのに続いて第二の跋が出ているのだが、これは燕石本にはない。長い上に内容も聊《いささ》か眉唾的なので要約する。

「抑先師竹雅は東都一流の音声で、その名は鳴り響いたが、年月が経つにつれて次第にその名声も薄れ、忘れ去られようとしているのを心配していたが、霜月の末、炬燵に入ってうとうとしていると、弁財天が夢に現われて、山彦河良という者と汝可柳は名が似ていて紛らわしく互いに迷惑なことも多いだろう。汝は先師の名を残さんという志を持っているようだから、これより師の竹雅の一字を貰って竹露庵柳雅と改名せよ、と宣わった」

というのである。次いで、

「享和元年（1801）年酉霜月二十八日、愚性堂可柳改、竹露庵柳雅」

とある。

今、これらの記述を吟味する為に、先の従来本の「寅の冬十二月認め云々」の記事を仮に（A）とし、跋を（B）としまた、異本の跋を（C）、同じく異本の第二の跋を（D）として話を進める。

先ず（A）の「寅の冬十二月」だが、（B）、（C）の跋の日付、文化元年（1804）は子年であるから、それ以前の寅年で一番近いのは寛政六年だが、もう一回り前は天明二年、さらにその前は明和七年になる。「認め」たのは勝原氏だろう。能味富暁は二代目藤十郎のことで、『十寸見編年集』では能見富暁となっている。ちなみに、同書では二代目藤十郎の改名後の名を清海栄軒としている。「予、同人門弟にて」とあるから、可柳は三代目藤十郎の弟子だったということになる。

しかし、（D）で可柳は自分は竹雅の弟子であるといっている。竹雅は前にも書いた通り、大和屋文魚と共に名人といわれた人物であるが、『根元由来記』では平野氏の隠居、『十寸見編年集』では野村氏となっていて、いずれ大店の隠居と思われるが、詳しいことは不明である。

三田村鳶魚の『未刊随筆百種』に、『東都一流江戸節根元集』という書が入っている。

内容は『根元由来記』で、可柳の跋（B）の後に、有銭堂青霞という者が次のように記している。

「可柳先生は、自分（青霞）が此の道に志の厚いのを知って、長年苦労して編集してきたこの秘本を私に見せて下さって、後学の為に写しておくがよい、といわれた。そこで早速、書き写し、先生の書き漏したことや、その後の河東に関する出来事などを追い追い書き加えて行く」（要約）

とあって、文化二年正月の日付がある。

それに続いて、付録として、『根元由来記』以後、文政九年（1826）頃までの河東関連の出来事などが書かれている。

まず題名が『根元由来記』ではなく、『根元集』となっている。また（D）では、可柳は享和元年に柳雅と改名したことになっているが、文化二年に青霞に見せたという本では、やはり可柳のままのようだ。（B）、（C）の跋から、可柳は享保十八、九年頃の生まれと知れる。可柳の師の竹雅は享保十年（1725）生まれであるから、可柳より八、九歳年長である。

（A）で可柳は、自分は三代目藤十郎の門弟であるといっているのに、（D）では竹雅の弟子だったといっている。これは、三代目藤十郎が死んで、その後、竹雅の教えを受けたということなのかもしれない。

さて、（Ａ）の寅というのがいつかということだが、『根元由来記』に引用されている原武太夫の覚書が書かれたのは明和元年（１７６４）と思われるので、それから間もない明和七年がもっとも有力である。

異本の記述から、特に可柳という人物を知る手掛かりはなかったようだ。しかし、従来本にない記事の中に、（Ａ）に出てくる勝原氏に関するものがある。

「池の端仲町に町医者勝原宗寿といふものあり。此医師娘にゑつといへる者岡安南甫の弟子にて手事の名人也、誠に江戸一也、後に本郷新町屋に石野次左衛門といふものあり、此もの妻になり、其後は浅草御書替屋敷住居ありける」

この勝原宗寿は（Ａ）の「いけの端勝原氏」に違いないだろう。

五回にわたって河東節に関する疑問のいくつかを取りあげて書いてきたが、その内容を提示したに止まった。

いつか新事実の発見などを切っ掛けに解明されることを期待しつつ筆を擱くことにする。

第三十三章　煙草の話(一)　パイプ

喫煙は昔、文化だった。

明治時代の高官や富豪の建てた洋館には、立派な喫煙室のあるものが多い。また、氷川丸のような外国航路の客船には喫煙室があって、船客は長い航海の間のあり余る時間の多くを其処の紫煙の中で談笑して過ごした。

当時、こうした大型客船の乗客は高級官僚や豪商、また、その家族など、さまざまな人がいたと思われるが、いずれも上流階級の裕福な人達である。さて、喫煙室ではどんな話題が彼らの口にのぼったのだろう。

嫌煙運動が激しさを増すこの頃だが、その理由がわからなくもない。

歩き煙草のポイ捨て。強風の日でも火の粉を撒き散らしながら、周りの人々には一斉お構いなしである。バス停に出ている禁煙の看板の前で、堂々とプカプカやっている。

こうした喫煙者のモラルの欠如は、同じ喫煙者の一人である私でさえ、思わず眉をひそめることが多い。

空港や駅に設けられている狭い喫煙室の中で、スモーカー達が肩を寄せ合って煙草を吸っている姿を見ると、何ともみじめな感じがする。

どうも喫煙者は自分で自分の首を絞めているようだ。

煙草はそんな狭い場所で吸って欲しくないし、また吸っても美味しくない。

江戸時代後期の歌人、橘曙覧の『独楽吟』に、

たのしみは　心にうかぶ　はかなごと
思ひつづけて　煙草すふとき

とあるように、煙草はゆったりとした気分で吸うのが一番で、狭苦しい場所では到底そんな気持ちになれない。

今のように小さな箱のような喫煙室で煙草を吸っているスモーカーは煙草を楽しんで吸っているのではなく、薬の切れた麻薬常習者と同じで、吸わずにはいられないので吸っているのである。

そのうち、煙草は麻薬同様の扱いになってしまうかもしれない。

英国の首相だったチャーチルは確か『大戦回顧録』の中に「煙草の功罪は一概に論じられない」と書いていたと思う。

重要な国際会議で会談が決裂しそうになったとき、休憩をとって葉巻（チャーチルはいつも葉巻を吸っていた）を燻らしながら、「もう一度話し合ってみよう」と思い直して会議の席につき、ねばり強く折衝した結果、交渉がうまく行ったことが何度もあった、というのである。

煙草を吸わない人が、吸っている人の煙を吸う受動的喫煙で健康を損うといって、喫煙者は毛嫌いされているが、これは煙草の煙害をいささか過大評価し過ぎていると思う。

煙草の煙は見えるから問題になっているが、「見ぬもの潔し」で見えにくい排気ガスやスモッグは煙草ほど騒がれていないし、電波に至っては全く問題にもされない。

受動的喫煙が嫌なら、喫煙者を今のように隔離すればよいが、排気ガスやスモッグはそうはいかない。汚染された空気でも我々は空気がなければ生きていられない。電波にしても通信・ラジオ・テレビ・携帯電話等々、我々の周りは電波が溢れている。その影響が全くないといえるのだろうか。もしかしたら、最近の凶悪犯罪に繋がる切れ易い現代人の性格と電波漬けの環境は無関係ではなく、いつかその因果関係が証明される時がくるかもしれないのだ。

こんなことを今更いったところで、盗人の言い訳としか聞こえないだろう。

第三十三章　煙草の話（一）　パイプ

私も煙草を吸うが、外では専ら巻煙草を、家ではパイプを愛用している。

昔はパイプ一辺倒だったが、数年前、煙草の吸える喫茶店でパイプを吸っていたら、店員から「普通の煙草にして下さい」といわれた。多分、パイプ煙草の香りがきついので、そう注意されたのだと思うが、それ以来、外出の時には巻煙草を持っていくことにしている。

パイプに凝っていた頃は時々海外にいく機会もあったので、コレクションを始めて一時は五十本近く持っていた。

パイプの図鑑で見たホルベックという作者のパイプが欲しくなって捜したが、どうしても見つからなかった。ちょうどその頃、コペンハーゲンにいくことになり、ぜひダンという煙草店を訪れたいと思った。ホルベックはダンの専属のパイプ作者だったのである。

ダンの店はストロイエの裏通りにあった。

古風な佇まいの店の中へ入っていくと、強度の眼鏡をかけた恰幅のいい店の主人らしい人物が応対に出て来た。

私が「ホルベックのパイプはあるか」と訊くと、奥から二本のパイプを出してきた。

その一本が木目といい、形といい、何とも素晴らしかったので、値段を訊くと、何クローネだったか忘れたが、当時の日本円にして十二万五十円位の金額を口にした。

ある程度の金額は覚悟していたが、予想を超える金額にちょっと躊躇した。しかし、いつまた、デンマークへ来られるかもわからないので、思い切って買うことに決めた。

主人らしき男はにこにこしながら分厚いサイン帳を出してきて、私に、そこにサインしろ、といった。

そのホルベックのパイプは私のコレクションの中でも最も高価な一本で、今でも時々出してきて楽しんでいる。ホルベックはその後間もなく家具のデザイナーに転じたので、私のそのパイプは貴重な一本となった。

第三十三章　煙草の話（一）　パイプ

昔パイプを吸っていたら、「マドロス・パイプですか」といわれた。

マドロスとは船乗りのことで、マドロス・パイプというパイプの種類があるわけではないが、船員達にパイプの愛用者が多かったので、その名がついたと思われる。

三十数年前になるが、大型客船に乗ってエーゲ海をクルーズしたことがある。

池田満寿夫の『エーゲ海に捧ぐ』やジュディ・オングの「魅せられて」という歌などが流行る前である。

若い女性の船客に大もての中年の一等船員は、いつもメアシャウムのパイプを口にくわえていた。

パイプは海によく似合う。

メアシャウムというのは海泡石のことで、長年パイプとして吸っていると、ボウル（火皿のあるところ）の部分が美しいアメ色に変色してくるので、王侯貴族などは新しいメアシャウムのパイプを手に入れると、早くアメ色にさせるため家来達に間断なく吸わせたという。

知らない人のためにいっておくが、パイプの一番大事なところはボウルの部分で、ステムというエボナイトなどで作られる吸い口のところは交換できるので、部下が散々吸ったステムは捨ててしまえばいいのである。

メアシャウムは比較的柔らかいので、よくボウルの部分に人の顔を彫刻したメアシャウムのパイプを見掛ける。

メアシャウムのパイプで思い出すのは、戦後すぐの頃、『肉体の門』という小説を書いて評判になった田村泰次郎という作家のことである。

その頃、まだ学生だった私はよく雑誌『文藝春秋』を買って読んでいたが、ある時、その中に田村が、ダミアと食事した時のことを書いた随筆が載っていた。

ダミアは戦前から戦後にかけて活躍した女性シャンソン歌手で、彼女が唄った「ひとの気も知らないで」という歌は一世を風靡し、シャンソン・ファンでない者でも知っているほど有名だった。

戦後、来日して懐しい歌を聞かせてくれ、オールド・ファンを喜ばせてくれた。

第三十三章　煙草の話（一）　パイプ

パリへ行った田村は、クリニャンクウルの蚤の市で美しいアメ色のメアシャウムのパイプを見つけて買った。

ダミアと食事をした夜もそのパイプを持っていったのだが、食事がすんで勘定を払う時、持っていたパイプを思わずとり落してしまった。

床に落ちたパイプは衝撃で真ん中から二つに割れてしまった。

それを見たダミアは、

「まるで人生みたいに脆いのね」

といった。

落ちたパイプは砕けないで、見事にパックリと真っ二つに割れていたので、マニキュアの液でくっつけてみたら、ぴったりと付いた。

それで、今でもそのメアシャウムのパイプを使っている、と書いてあった。

第三十四章　煙草の話(二)　江戸煙草事情

先年アメリカ大統領が来日したときのコメントに、橘曙覧の和歌が引用されていて話題になった。

日本人でも橘曙覧《たちばなのあけみ》という歌人を知って人はそう多くないと思われるので、知らなかった人は驚いたろうし、知っていた人もどうして橘曙覧が出てくるのか不思議に思った。大統領が知っているわけはないので、多分コメントの陰の起草者はドナルド・キーン氏だろう、という専らの噂だった。

橘曙覧（1812～1868）は幕末の歌人である。文化九年越前福井の旧家の砥商、正玄五郎右衛門の長男として生まれたが、早くから家業を弟に譲り、学問、歌道に精進した。天保十五年（１８４４）、本居宣長門下の田中大秀に入門、本居派の国学を学び尊皇思想を説いて次第にその名を知られるようになる。

福井藩主松平慶永、その子茂照の信望厚く、曙覧を保護後援したので文名大いに上がった。

曙覧は、まだ世に知られない若い頃、ずいぶん貧しい暮らしをしていたらしいが、それをあまり苦にしてはいなかったようだ。

前稿で引用した、「たのしみは　心にうがぶ　はかなごと」という和歌は橘曙覧の『独楽吟』の中の一首であるが、『独楽吟』に載っている五十二首の初句は、すべて「たのしみは」で始まって、最後は「×××とき」で終わっている。

たのしみは　あき米櫃に　米いでき
　今一月は　よしといふとき
（門人がこっそり米を入れてくれたものか）

たのしみは　銭なくなりて　わびをるに
　人の来りて　銭くれし時

たのしみは　とぼしきままに　人集め
　酒飲み物を　食へといふ時

たのしみは　客人《まろうど》えたる
　折しもあれ　瓢《ひさご》に酒の　ありあへる時
たのしみは　ほしかりし物　銭ぶくろ
　うちかたぶけて　かひえたるとき
これらの和歌には貧しさを楽しんでいる風さえ感じられる。
たのしみは　いやなる人の　来りしが
　長くもをらで　かへりけるとき
などという思わず笑ってしまうような歌もある。最初に引用した、「たのしみは　心にうかぶ　はかなごと」の歌からもわかるように曙覧は煙草を吸ったらしい。彼の『松籟艸』という別な歌集に、「煙草買ふ銭無かりし時」として、
けぶり草　それだに煙　立かねて

なぐさめわぶる　窓のつれづれ

という一首が出ているところをみると、煙草好きだったと思われる。

曙覧の師の田中大秀は本居宣長の高弟だったこともあって、曙覧は宣長を尊敬していて、『独楽吟』にも、

たのしみは　鈴屋大人《すずのやうし》の
後に生れ　その御諭《みさとし》を　うくる思ふ時

という一首が載っている。鈴屋大人とはいうまでもなく本居宣長のことである。宣長は鈴の屋と号した。

本居宣長も煙草を好んで吸ったと思われ、『おもひくさ』という煙草に関する本を書いている。「おもひくさ」とは煙草の異称である。

煙草の異称や符丁は数多くあるが、岡本昆石の『合載袋』の中の「寄席芸人の符調(丁)」に、煙草を孫右衛門、また雲といふ、とある。同書の「香具師の符調」には、煙草をもく、と出ている。

隠語や符丁では、現在でもそうだが、よく言葉をひっくり返して使う。「うまい」を「まいう」、「ハワイをワイハ」などというのと同じである。寄席芸人の「雲」というのをひっくり返せば、香具師の「もく」になる。戦後、物資のない頃、煙草の吸い殻を拾っている者を「モク拾い」といった。

徳川夢声が書いた煙草の随筆に、大正九年に京都府警察部が出版した『隠語辞典』の「煙草」の項が出ている。

「いんた、うま、ゑんた、ゑんそ、きさぶろう、きはちさん、もく、くさ、げんぴ、ざみ、はくさ、ばたこ、ぱっぱ、まや、もや、わんだ」

と夥しい数である。

さて、本居宣長の『おもひくさ』だが、その書き出しの一節の文句をとって別称を「乎《を》波《は》那《な》賀《が》毛《も》登《と》」とも、また「尾花が本《もと》」ともいう。『日本随筆大成』の解説に

「枕草子、徒然草などに倣い、煙草についての感想を流暢な雅文を以て記述したもの」

と出ている。

まことに優雅で美しい文章である。最後のところだけ左に挙げる。

「やうなき物なりと思ひすてなむもことわりかな。つくづくとたどりつつ思へば、げにはかなくあだなる物にこそとも思ひかへさる。もろこしにても、とりどりにことわりてさだ

めかねたるとかや。いむことただしきほうしなんどの、ちかくさしよせだにせぬもいとたふとし。かくまでは思ひとけども、なほおきがたき物にや。あしたにおきたるにも、まして物くひたるにも、ぬるにも、大かたはなるる折こそなけれ。かうつねにけぢかくしたしき物は、なにかはある。さるをいみじき願たて、ものいみなんどして、七日もしは十日なんどたちゐたらんほどにぞ、つねはさしも思はぬ此君の、一日もなくてはえあらぬことをばしるらんかし」

この中の「朝起きてから、食事の時も、寝る時まで、殆ど煙草と一緒」とか、「願かけをして、その間煙草を断ったものの、七日とか十日にならぬ内にどうにも我慢が出来なくなり、普段はそれ程に思いもしなかったが、一日も無くてはならぬものと思い知った」などど、喫煙者の心理を云い得て妙で、煙草呑みなら誰しも「そう、そう」と頷くところだろう。

これを書いた本居宣長は、かなり煙草好きだったに違いない。

江戸時代の煙草に関する本としては、他に大槻盤水の『蔫草《えんそう》』、清中亭叔親の「めさまし草」などがあるが、それについては、次章に――

第三十五章　煙草の話(三)　江戸の煙草の本

先日、書店で江戸の煙草について書かれた本を見つけた。

煙草と塩の博物館から出ている本で、ペラペラとめくって見ると、本居宣長の『おもひくさ』、大槻磐水の『蔫草』、清中亭叔親の『目さまし草』などについても書いてあったが、橘曙覧は出ていなかったようだ。

大槻磐水は医者で、名を茂賀《しげたか》、磐水と号し、呼名を玄沢といった。

磐水は『蘭学事始』で知られている杉田玄白と前野良沢について蘭学を学び、その後長崎に留学するなどさらに研鑽を重ね、初めてオランダ語の読み方や解釈の仕方を説いたオランダ語文典ともいうべき『蘭学楷梯』を書いてその後の蘭学の普及に大いに貢献した人物である。

磐水の俗称の玄沢は二人の蘭学の師、杉田玄白と前野良沢の名を一字ずつもらって付けたという。

磐水は寛政六年閏十一月十一日、その日が太陽暦の一七九四年の一月一日に当たることから、友人の蘭学者たちを江戸京橋水谷町の自宅、芝蘭堂に招いて陽暦の新年を祝った。

その時、磐水三十八歳である。

その後、毎年、新元会と称して陽暦で新年を祝うことを続けたが、新元会はまた、オランダ正月とも呼ばれた。

森銑三先生に『オランダ正月』という名著がある。

同書は子供向けに書かれた江戸の医者や科学者などの伝記で、その中に磐水も出ていてオランダ正月のことが書いてあり、それが本の題名になっている。『オランダ正月』の見返しのところに市川岳山という杉田玄白の門人が描いた、寛政六年の第一回新元会（オランダ正月）の絵が載っている。

三脚のチャブ台の前に二十八人の出席者が並んで坐っている。それとは別に、右上隅に洋服を着て帽子のような物をかぶった人物がパイプを持って一人だけ椅子にかけている。絵が小さいので、どれが誰なのか、よくわからない。

さて、磐水が書いた煙草の本『蔫草』に話を戻すが、「蔫草」とは煙草のことで、「蔫」は大辞典でみると、「臭い草」とあり、これ一字でも煙草を表している。

磐水の『蔫草』は未見だが、漢文で書かれており、見たところでとても手に負えそうにない。

その磐水の『蔫草』を磐水の門人の清中亭叔親が、抜粋簡略化して普通のカナ交じり文にしたのが、『目さまし草』という本である。目さまし草も煙草の異称である。『蔫草』について『目さまし草』の中で、叔親は次のようにいっている。

「我磐水大人の蔫録を編集し給ふは、此草の濫觴と主治功害を、詳に皇国の人、異国の人にも示し給はんとの素意厚情なり。然るに編中に、雅賞詩文煙具の諸図等に至るまでを雑集し給へる故に、全編を熟読ざるものは、ただ其諸図ある巻を見て、これ偏に好事者流の雑著の如く見ながす輩もありとか、然れどももとさるたぐひにはあらぬなり。抑々我大人其本志の大いなる趣意といふものは、かかる太平に生れあへる人々、空しく其天年を損する事あらんを患ひ、全部三巻の通編を総括、其常に思ふ所を以て、巻尾に於て懇に説き給へるは、附考又余考といふものにあり。然れどもこれ又から文字に綴りて、通俗のものにあらざれば、これを読み暁解もの少きか（以下略）」

『目さまし草』の序文によると、清中亭叔親の家は「五代の祖より、此大江戸に住て、国々のたばこをあつめ、世のわたらひとなせしを云々」とあって、代々煙草商であったことがわかる。

序文にはさらに、

「また（煙草）其功と害との有事は、つばらにしらざりしを、磐水大人のえむろく（『蔫草』）といふ書には、其故よしをいとねもごろに記されたり。（中略）さればこれをよまん人々、はじめて此草の本性をわきまへ、又此葉、生なるもほしつるも、べちにくさぐさの功能有事を知りなば、吸ひかをらす楽のみかは。世の大なる益ならましとてなり。まいておのが家、代々、あきなひつる草にしあれば、いささか其徳にむくいんとて、かくはものすることとはなりぬ」

その後に、文化十二年三月の日付がある。

跋は磐水の息の磐里が漢文で書いているが、叔親について、「蔫をひさぐを以て産を為す」といい、『目さまし草』の叔親の草稿は不備で不完全なものだったが、本人がどうしても出したいというので、諸同志と謀って校正し、かつ、父の磐水の検閲を受けた、と書いている。

本居宣長の『おもひくさ』は文学的な書だったが、この『目さまし草』は煙草の歴史や風俗の他、喫煙の功罪についても触れていて、煙草の実用書とでもいうべき本である。

現在は、人体に対して煙草の功は全く無く、ただ害のみということになっているが、この時代はまだ種々の効用があると信じられていたようだ。

ただ、陰虚、吐血、肺燥、労瘵の人は吸ってはいけないとか、吸い過ぎには注意して家にいる時は長い管の煙管を用いよ、煙草の毒を解すには味噌が一番、などと書いてある。

現代の医学の常識から見て随分おかしな記述もあると思うが、総じて科学的な本は内容がすぐ陳腐化してしまう宿命にある。それだけ科学の進歩が速いということである。

今、巻煙草を買うと、箱に「喫煙はあなたにとって肺気腫を悪化させる危険性を高めます」などと書いてある。

煙草を吸わない者でも喫煙者の出す煙草の煙を吸う受動的喫煙で健康を損なうということで、公共の場所や建物ばかりでなく、一般のレストランやカフェまで禁煙の場所がどんどん増えている。

そのうち、喫煙者は家でしか煙草が吸えなくなるかもしれない。

一昨年亡くなった作家の吉村昭さんは、病状が進行して煙草を止めざるを得なくなるまで、大変なヘビースモーカーだった。

その吉村さんから聞いた話。

吉村さんには『日本医家伝』や『夜明けの雷鳴』など医学に関する作品も多く、各方面の医師の方々とも幅広いお付きあいがあったようだ。

吉村さんがある著名ながんの権威のドクターと会った時のことである。（ドクターの名を吉村さんから聞いたが、失念した）

その先生が煙草をプカプカ吸っているので、吉村さんは驚いて、

「先生、煙草を吸うとがんになるんじゃありませんか」

「そうです。喫煙者ががんになる確率は高いです」とドクターはこともなげにいって、

「しかし、喫煙者は認知症になる確率が低いんですよ。私は煙草のせいでがんになるかもしれませんが、認知症にはなりたくないんでね」


この話を煙草が止められない人にすると、たいていいわが意を得たように喜ぶ。煙草を吸う、もっともらしい理由が見つかったからだろう。

ここまで書いてきて愛用のパイプに火をつけて考えた。

煙草が文化だった時代はもう終ってしまったのだろうか。

愛煙家の一人としてそうは思いたくないのだが――

第三十六章　「浮かれ蝶」㈠　パリ万博

一昨年亡くなった作家の吉村昭さんから、和紙をちぎって造った二頭の紙の蝶を二本の扇子で風を送りながら自在に舞わせる「浮かれ蝶」という手妻《てづま》を知っているか、と訊かれたことがあった。

「何度か見たことがありますよ」と答えて、「この間もテレビでやっていましたね」と私はいった。

手妻というのは手品のことである。

演目名が「浮かれ蝶」だったか、どうかは覚えていないが、藤山新太郎という芸人が確かに吉村さんのいうような手妻をテレビで演じているのを見た。

吉村さんはその少し前、慶応三年（１８６７）にパリで開催された万国博に十五代将軍徳川慶喜の名代として出席した慶喜の弟、徳川昭武に医師として随行した高松凌雲のことを書いた『夜明けの雷鳴』という作品を発表していた。

万国博覧会は一八五一年、ビクトリア女王の夫君アルバート公の後援によりロンドンのハイド・パークで開かれたのが最初という。

その時、約四十カ国が参加し、入場者は六百万人に上り、大成功を収めた。

その成功に倣ってフランス、オーストリア、アメリカなど、続々と万博を開催するようになるのである。パリ万博は慶応三年四月一日から十一月三日（和暦では、二月二十七日から十月八日）まで開催された。

フランス政府が駐日公使レオン・ロシュを通じて日本政府（幕府）にパリ万博への出品参加を勧誘して来たのは慶応元年（１８６５）六月だった。

徳川昭武に将軍の名代としてフランス派遣の内命が下ったのは慶応二年十一月二十八日で、昭武は翌慶応三年一月十一日にフランス郵船アルフェ号で横浜を出発した。一行は昭武の他、三名の留学生を含む随員など二十数名で、フランスまで約二ヶ月の船旅だった。

一行がマルセーユ経由でパリに着いたのは三月六日である。

パリ万博はすでに二月二十七日（陽暦四月一日）より始まっていた。

万博に出品したのは幕府の他、肥前藩、薩摩藩と個人で江戸浅草天王町の商人、清水卯三郎という者だった。

この万博で薩摩藩は薩摩太守、琉球国王と称して会場も別に獲得していたことから、幕府と揉めるのだが、それについては今は触れないでおく。

万博の日本の評判は大変なもので、出品物の養蚕、漆器、工芸品、和紙はグラン・プリに輝き、その他も数々の賞を受け、その後のヨーロッパに於けるジャポニスムの基因となった。

万博会場で最も人目をひいて人気が集まったのは清水卯三郎が造った茶屋風の日本家屋で、土間とトイレが付いた六畳一間だったが、その土間に置かれた縁台で茶や味りん酒を供応し、座敷では卯三郎がパリまで連れて来た柳橋の三人の芸者が煙管で煙草を吸ったり茶を立てたりして日本の日常生活を演じてみせていたという。

このパリ万博のことを書いた本には、卯三郎の茶室のことは必ず出ていて、連日大入りの大盛況だったとある。

万博の会場外でも、各国から集まってくる見物客を当て込んでさまざまな国の芸人たちがやってきて、そのパフォーマンスを見せていたが、その中に日本の芸人達もいた。

柳川蝶十郎という「浮かれ蝶」を演ずる手妻師もその一人だったのである。

吉村さんは『夜明けの雷鳴』の「あとがき」の中で、「万国博覧会については、横浜開港資料館にパリその他で発行された新聞記事の和訳されたものが保管されていて、詳細を知ることができた」と書いているが、その通りそれらの資料を調べた上、旅芸人の記録として貴重な資料の『旅芸人始末書』(宮内謙二著)なども参考にしたと思われる。(巻末の参考文献に同書の書名が出ている)

第三十六章　「浮かれ蝶」(一)　パリ万博

吉村さんはその日本の芸人達について、

「(万博での)日本からの出品物は大好評で、博覧会目当てにパリで公演した日本人曲芸師その他の妙技が、ヨーロッパの人々を熱狂させたことが興味深かった」

と書き、その後に、最初にパリに現われた日本の芸人として松井源水一座を挙げて、そのメンバーを次のように紹介している。

「独楽廻し」松井源水、女房はな、娘みつ、「手妻」隅田川浪五郎、女房小まんと娘、「軽業綱渡」浪七、「浮かれ蝶」柳川蝶十郎、朝吉、山本亀吉、小滝、太郎吉、矢奈川嘉吉で、アメリカの興業師と二年間千両という契約をむすんでいた。

とある。吉村さんはただアメリカの興行師といっているだけだが、ベンクツという男だったことは分かっている。

柳川蝶十郎は松井源水一座の一員として東廻りでパリに行ったようである。

一方、アメリカでの巡業をすませて、源水一座より遅れて西廻りでパリ入りしてきた足芸の浜錠定吉一座があった。

『旅芸人始末書』によると、「パリ万博にあらはれた日本芸人としては、出演こそ源水にやや遅れたが、定吉の方が本国における格式からして、はるかに上であったものと見ることができる」と出ている。

定吉の芸というのは、定吉が肩で支えた四、五米の竹竿をオーライという息子が登って行って上でさまざまな恰好をしてみせ、失敗して落ちたかのようにみせて観客がハッと思う瞬間、床すれすれで見事に着地して一礼する。次に、今度は定吉は床に寝て足を高く挙げて大きな梯子を支え、その梯子をオーライが登って行って頂上で扇子を開いて一服。さらに梯子の片方の支柱をとり去って、半分こわれたような梯子の上で、正月の出初め式でやるようなパフォーマンスを披露してみせたらしい。

パリの新聞フィガロは、「オーライという小児最も勝れたり」と絶賛したという。

オーライというのは定吉の倅の三吉のことで、オーライという芸名は多分アメリカ巡業中につけたのだろう。

徳川昭武一行に会計係として同行した渋沢栄一（篤太夫）は『航西日記』をつけていて、その中に万博見物の印象や新聞の切り抜きを書き残していて、『旅芸人始末書』はそれを種本にしたと出ている。

定吉一座の初演には徳川昭武も随員と共に見物に行き、祝儀として二千五百フランを下賜した。

吉村さんはこれら日本の芸人達のことを書くに当たって、『旅芸人始末書』を参考にしたのかもしれないが、定吉について『始末書』と同じく浜錠定吉と書いている。

この名前を見た時、私は「錠」は「碇」の誤りではないかと思った。

芸名なのだから、浜といえば、「錠」よりも縁語の「碇」の方がぴったりくる。

そう考えていたら、斉藤月岑の『武江年表』の「慶応二年」のところに、

「今年、独楽廻し軽わざてずま等の芸術をもて阿墨利加人に傭はれ、彼の国へ趣きしもの姓名左の如し。是れは当春横浜に於いて銘々其の技芸を施しけるが、亜米利加のベンクツといふ者の懇望により、当九月より来る辰年十月迄二年の間を約し傭はれけるよし也」

とあって、芸人名とその演目が出ている。

その中に、

「曲持足芸吉原京町二丁目浜碇事定吉」

と載っている。やはり、どうやら浜碇の方が正しいように思える。

例の柳川蝶十郎も。

「幻戯《てづま》北本所荒井町柳川蝶十郎」

と出ている。

第三十七章　「浮かれ蝶」(二)　柳川蝶十郎

吉村さんの『夜明けの雷鳴』には、パリ万博の際、日本から来た芸人達の公演は大評判だった、と書いてあり、松井源水一座の源水と蝶十郎の芸を紹介しているが、蝶十郎について、特に観客を魅了したのは蝶十郎の「浮かれ蝶」だった、といっている。

しかし、『旅芸人始末書』の「慶応三年のパリ万博」では、松井源水一座のうちでは、手品の朝吉が一番うけた、とあって、曲芸を演じる亀吉、小滝、太郎吉の芸も足先の不器用な西洋人に、こ手先ならぬこ足先の器用さを見せつけ感心された、と出ているが、柳川蝶十郎の「浮かれ蝶」については全く触れていない。

ただ、その前章の「旅芸人の先駆者たち」のところで、松井源水一座の松井源水、隅田川浪五郎、柳川蝶十郎の芸について説明している。

手品の蝶十郎は「バタフライ・トリック」で、造りものの蝶を自由自在に空中で操ったあげく、最後に本物の蝶を舞わす、とあって、次いで、「天地八声蒸籠」という、同じく蝶十郎の手品について、底抜けの箱の中から色々な物を出してみせるのだが、その取り出す物が西洋人には珍しい漆塗りの椀や竹細工の篭などをそれからそれへと取り出すので、見物は出てくる不思議さより、出てきた物の骨董的な価値に驚いた、と出ている。

底ぬけの箱からさまざまな物を取り出して見せる手品は珍しくない。「バタフライ・トリック」とあるのが「浮かれ蝶」と思われるが、最後に本物の蝶を出したらしい。

この『旅芸人始末書』の記事は、前章で述べたように種本である渋沢栄一の『西航日記』から取ったものと思われる。

吉村さんは横浜開港資料館の資料を調べて書いたのだろうから、渋沢栄一とパリ人の日本の芸人の芸の受けとり方に多少のズレがあったのかもしれない。

江戸時代、手品のことを手妻といった。

手妻は手爪とも書き、小手先とか指先のことでまた、小手先や指先でやる仕事も意味した。そのことから、手先でやる手品を手妻といった。

泡坂妻夫著の『大江戸奇術考』によると、元禄十年（１６９７）に日本最初の奇術書『神仙戯術』が刊行された。

それに出ている「紙蝴蝶飛」という術がどうやら「浮かれ蝶」の原型らしいのだが、記述が曖昧で内容がよくわからない、という。

その約三十年後の享保十年（１７２５）に京都の同じ板元から『珍術さんげ袋』という奇術書が出る。著者は環中仙い三。この人の本名は不破仙九郎で、京都の医者で和算家だったといわれている。

その二年後の享保十二年に同じ板元、同じ著者で『続懺悔袋《ぞくさんげぶくろ》』が出る。二十二種の手妻が影絵の図解付きで載っているのだが、その中に「紙にて作りたる蝶を飛ばす」手妻があるという。

この芸を寄席芸に仕上げたのが大坂の手妻師、谷川定吉で、定吉はそれを「浮かれ蝶」と名付け、文政二年（1819）に江戸に下り葺屋町河岸の寄席で演じて好評を博した。

斎藤月岑の『武江年表』の文政二年のところに、

「此の節葺屋町川岸に大坂下り谷川定吉手品興行、うかれ蝶とて扇にて蝶をつかふ。一蝶斎は是れを学びしなり」

とある。この一蝶斎とあるのが初代の柳川一蝶斎で、谷川定吉から受け継いだ「浮かれ蝶」にさらに自己の工夫を加えて完成させたのは、この一蝶斎であるといわれている。

生没年は不詳だが、弘化四年（1847）に豊後大掾を受領して一蝶斎の名を二代目に譲ったとされている。平凡社の『演劇百科大事典』では、二代目は初代の子となっている。

柳川蝶十郎は初代一蝶斎の弟子で、弘化四年の生まれというから、初代一蝶斎が豊後大掾となった年である。

同じ平凡社の『日本人名大事典』では、「三代目柳川一蝶斎」の項に、十六歳の時に元祖一蝶斎の弟子となり蝶之助と称した、とあり、慶応二年に太神楽の増鏡磯吉らと一座して英国に渡り、オーストラリア、その他を巡業して明治二年に帰国して蝶柳斎と改名、後に三代目一蝶斎を襲名した、と出ているが、パリ万博のことには全く触れていない。また、ここには、蝶十郎という名は出てこない。先の『演劇百科大事典』の方には、初代一蝶斎の弟子に蝶十郎がいて、彼は慶応二年に洋行して西洋奇術を輸入した、とあるが、その蝶十郎が後に三代目を継いだとは書いていないで、三代目は青木治三郎といい、弘化四年生まれで初代の弟子となって蝶之助と称し、後に蝶柳斎から三代目を継いだ、明治四十二年没、とあるだけで、蝶十郎とは別人扱いになっている。

平凡社の『日本人名大事典』にあるように、慶応二年に柳川蝶十郎が太神楽の増鏡磯吉らと渡欧した、というのは『旅芸人始末書』では、万博の記録にはその顔ぶれの名が拾えないので太神楽の一行は蝶十郎とは別に、彼が帰国した慶応二年に蝶十郎と入れ違いに出国したのではないか、と書いてある。

しかし、『大江戸奇術考』では、蝶十郎は太神楽丸一、増鏡磯吉の一座とロンドンからパリ万博に出演した、となっている。

このように各書で記述が違っていて、どれが正しいのか、よくわからないが、一つ一つ整理して考えてみると、次のようになる。

まず、元祖一蝶斎だが、文政二年に大坂から江戸に下ってきた谷川定吉に出会って入門、「浮かれ蝶」の芸を習得する。

初代一蝶斎の生没年は不明だが、谷川定吉に入門したのを蝶十郎が一蝶斎に入門したのと同じ十六歳の時とすると、文化元年（1804）の生まれとなる。

元祖一蝶斎が豊後大掾を受領し、一蝶斎の名を二代目に譲り、自らは柳川豊後大掾藤原盛考となったのは弘化四年（1847）で、その時、一蝶斎四十四歳。

そして、その年に蝶十郎が生まれる。

その蝶十郎が初代一蝶斎に入門したのは十六歳というから、文久二年（1862）のことになる。一蝶斎は既に豊後大掾となって十五年経っている。豊後大掾は五十九歳になっている。

蝶十郎が松井源水一座と共にパリへ出発したのは慶応二年、二十歳の時であるから、僅か四年で彼は「浮かれ蝶」の芸をマスターしたことになる。

彼にはマジシャンとしての才能があったのだろう。

蝶十郎がパリへ行ったのは松井源水一座の一員としてであって、それは記録的にも確かで疑う余地はない。

したがって、増鏡磯吉らと一緒に渡欧したというのは間違いである。

もう一つ、二代目一蝶斎については、弘化四年に初代が豊後大掾となり一蝶斎の名を二代目に譲ったことになっているが、その後二代目のことは全く不明。蝶十郎は年齢的には二代目に入門してもおかしくないのに、初代の弟子になっている。『演劇百科大事典』では、宮尾しげを氏は、二代目を初代の子、としている。

あるいは、二代目は若くして亡くなったものか。

蝶十郎はその後、三代目柳川一蝶斎を襲名する。『旅芸人始末書』だけは、それを二代目としている。先に挙げた『日本人名大事典』、『演劇百科大事典』等で、別人扱いになっていた柳川蝶十郎こそ、実は三代目一蝶斎を継いだ青木治三郎なのである。

第三十八章　「浮かれ蝶」（三）　柳川一蝶斎

ギリシャ、パルテノン神殿のレリーフなどで知られている、大英博物館のエルギン・コレクションは、イギリスの政治家で外交官だったトーマス・ブルース・エルギンがギリシャから英国へもたらしたものである。

安政五年（1858）、日英修好通商条約締結のため来日したジェームズ・ブルース・エルギンはトーマス・エルギンの息子である。

彼も父の跡を継いで外交官、政治家として活躍した。

ペリーがアメリカ大統領の国書を持って来航したのは嘉永六年（1853）のことである。

それに対して幕府は回答を一年延期し、翌年再び来航したペリーに、漂流民の保護、薪水食料の供給は認めるが通商は不可、と回答し、三月に日米和親条約を締結、次いで各国と次々に和親条約を結ぶ。

安政五年、井伊直弼が大老に就任すると、反対派の世論を無視して六月にアメリカと勅許を得ずして日米修好通商条約に調印、爾後八月にオランダ、ロシヤ、英国、九月にフランスと通商条約を締結した。

これらを安政の五カ国条約といわれている。

この日英通商条約締結の全権大使として来日したのが、Ｊ・Ｂ・エルギンで、今年平成二十年は安政五年以後百五十年目に当たり、日英通商百五十周年を記念してチャールズ皇太子夫妻が来日されたのは、つい最近のことである。

Ｊ・Ｂ・エルギンに同行して訪日した秘書のオリファントという者が、『エルギン卿遣日使節録』という日本滞在記を書き残していて、それによると、条約の調印が済んで帰国する前に日本の手妻を見たことが出ている。

日本側の関係者との宴会に先立って余興として、相撲取り、独楽回し、奇術師が来ることになっていたのだが、力士と独楽の芸人は現われなかった。

同席していたヒュースケンはその両方を見たことがあって、力士の演技（相撲）は人間の闘牛のようなもので、見ていてあまり気持ちのよいものではない、といい、独楽回しについては、ありふれた遊び道具を実にうまく操作し、特に張った綱の上で踊るように独楽を綱伝いに回す芸は見事だ、といっていた。

このヒュースケンは文久元年（１８６１）一月、攘夷浪士に襲われて死んだアメリカ公使館員で、ハリスの書記兼通弁官として日米通商条約締結に活躍した人物で、その後オランダ語の通弁（彼はオランダからの帰化人）としてエルギン卿の日英通商条約やオイレンブルクのプロイセン（ドイツ）の対日交渉の支援をしたといわれている。

予定していた余興がなくなって、ちょっとがっかりしていたところに奇術師がやって来たので皆ホッと失望から救われた。使節団の宿舎である寺のエルギン卿の居間を舞台にして、観客はその前の庭に並べた席に腰を下ろした。

奇術師について、『遣日使節録』（岡田章雄訳、雄松堂書店）には次のようにある。

「その奇術師は品のいい老人で、目が鋭く、立派な聡明な顔立ちをして白いあごひげを長く伸ばしていた。この国でこれほどすぐれた容貌を見たことはなかった。その衣裳は、エジプトの魔術師がふつう着ているものとよく似ていた。その風采を増すのに実にふさわしいものだった」

彼の奇術はまずは、浅い空箱の中からさまざまな物をとり出してみせることから始まった。次いで、扇の上の卵に口を付け、その中に少量の綿を入れ、それを数本の傘に変えてしまった。

しかし、これらの奇術は西欧ではよく見られる手品であって、特に珍しいものではない。

「奇術ではなく、非凡な技倆を発揮してわれわれを感服させたのは、有名な人工の蝶の演技であった」

として、その蝶の演技を次のように説明している。

「その蝶はきわめて簡単な方法で作られた。一枚の紙を裂いた細長い紙片だけだった。これらの紙片をさらに裂いて小さな長方形にしたものを中央でひねると、それで大体胴と二枚の羽ができる。それからこの即席の蝶の二羽が、空中に吹き上げられ、下で動かす扇の作用でそのまま浮いている。二羽が別々になってしまうことを防ぐためばかりでなく、その動きを好むままに導くために、きわめて注意深く、また科学的に操作することが肝要である。さて蝶は、たがいにたわむれ、後を追うかのように高く舞い上がり、たちまち寄り添い、たちまち遠ざかる。同じ扇が二羽の上にそのように働くのか不思議である。それから二羽はそろって近くの灌木の葉の上に羽を休めるというところだが、もっと奇妙なことに、その扇の端に静かに止まるのである。この所作が、演技者に要求していた激しい注意力は、その芸が、観客に取っては実に容易なように見えても、それがあらゆる技術の訓練を呼び起し、また上達の域に達するまでに、疑いもなく長い間の練習を含んでいたことを示していた」

この紙の蝶の手品は明らかに「浮かれ蝶」である。

とすると、この白いあごひげの手品師は元祖柳川一蝶斎と思われる。もっとも、元祖一蝶斎は弘化四年（１８４７）に豊後大掾を受領して一蝶斎の名を譲っているので、この安政五年（１８５８）時は柳川豊後大掾藤原盛孝となっている。

前回、元祖一蝶斎の生まれを文化元年と推定したが、そうだとすると、安政五年には五十五歳になり、白いあごひげがあってもおかしくない年頃といえそうだ。

さらに、次のように書かれている。

「その演技を続けている間、奇術師は例の親愛の態度で絶えずしゃべり続けていた。そして委員達の間に巻き起こした爆笑やヒゴ（HIGO）を笑わせた限度から判断して、彼の言葉はよほど滑稽な性質のものだったに違いない。もっとも彼は、終始きわめて冷静な謹厳な態度を保っていた」

委員というのは条約の調印に係わった人達で、ヒゴというのは肥後で、岩瀬肥後守忠震のことと思われる。

列席者の中にもう一人、シナノノ（SHINANONO）という日本人が出てくるが、これは信濃で、外国奉行井上信濃守清直である。信濃守は川路聖謨の弟で当時五十歳、文中に「実に謹厳な老人である信濃守」と書かれている。

多少脱線したが、元祖柳川一蝶斎の風貌、芸風など、この記事から知ることが出来る。

二代目一蝶斎については前にも書いたように、元祖一蝶斎の子というが、今のところ、全く情報がない。

三代目一蝶斎はパリ万博に行った柳川蝶十郎が明治になってから襲名した。蝶十郎はパリ万博後、外国の興行師に雇われてオーストリアまで足を伸ばし、ヨーロッパを巡って明治二年に帰国した。しかし、維新後間もない世の中がまだ不安定な時代、手品で食べていくことは難しかったようで、印刷局の職工になって糊口をしのいだという。

帰朝後、蝶十郎は名を蝶柳斎と改め、その後、三代目柳川一蝶斎を継いだ。

明治六年九月に浅草蔵前八幡神社境内で、「英国ロンドン手品」と称して、「人間の首切り術」を演じて大評判をとるが、まだ蝶十郎となっている。ヨーロッパを巡業中に仕入れてきたネタだが、これが我が国最初の西洋輸入奇術の公演といわれている。

しかし、この公演は、『明治奇術史』によれば、「英国ロンドン手品」と称したことはそのとおりだが、「人間の首切り術」ではなく、鶏の首を切り落してつなぐとまた生えかえる、菜種を播くと芽がふいてくる、雪を降らして氷を作る、帯を切ってつなぐ、等々を演じてみせたという。

いつ頃一蝶斎を襲名したのか、はっきりしないが、明治九年七月に英国人ヘンリイ・ブラックと一緒に柳川一蝶斎が茅場町と浅草馬道の寄席に出演しているから、「英国ロンドン手品」で評判をとって間もなく襲名したものと思われる。

明治二十五年七月には鍋島侯邸で明治天皇の御前でその妙技を披露して大いに面目を施した。

三代目柳川一蝶斎は明治四十二年三月十七日に日本橋本材木町一丁目の自宅で亡くなった。享年六十三歳だった。

本名を青木治三郎と云い、元神田平永町の金物屋の倅だった。

仲田定之助著の『明治商売往来　続』に「手品師」の項があり、三代目柳川一蝶斎の小伝が出ているが、著者の仲田氏は一蝶斎の息子、青木幸太郎と小学校の同級生だったという。

第三十九章　四代目荻江露友家の家譜

四代目荻江露友を継いだ近江屋喜左衛門こと近喜は本姓を飯島と称した。

近喜については不明のことが多いが、近喜の生家、近江屋は深川北川町の豪家で、玄米問屋を営んでいたといわれる。

しかし、その近喜以前の飯島家に関して書かれたものは殆ど見たことがない。

近喜の墓は江東区東砂の因速寺にある。

私が同寺を訪れたのは一昨年（平成十九年）の夏のことだった。

因速寺は改修の真っ最中だった。

応対に出て下さった女性の方に近喜の墓へ案内して頂いたが、近江屋については大奥さんがいろいろ御存知なのだが、その日は外出されていて御留守、とのことだった。

頂戴してきた同寺のパンフレットを見ると、四代目露友のことも出ていたが、私が調べたのと違うところもあったので、拙著をお送りしたところ、大奥さんの武田幸子さんから御礼の電話を頂いた。

その時のお話の中で、五月に長野県安曇野の井口喜文という方が近喜の墓を訪ねてみえて、近喜の飯島家は井口家から出た、という話をされた由を伺った。

もう一度改めて因速寺に伺って、委しくお話を聞きたいと思いながら忙しさにかまけて、アッという間に一年が経ってしまった。

この京扇堂ＨＰの連載が百回を迎えるに当たって、切りがよいので百回までをまとめて上梓するつもりで、最後の百回目は今まで拘ってきた荻江節か河東節のことを書く予定だったが、「浮かれ蝶」の稿が予想外に長くなって一回分超過してしまった。自分の年齢を考えると、これが最後の一冊になるかもしれないので、敢えて予定通り、新刊の最後に近喜の飯島家のことを取り上げて、締め括ることにした。

昨年の十月の末に因速寺を再訪し、武田さんに初めてお目にかかり、飯島家の出自に関するお話を伺って帰った。その時のメモから筆を起こしたが、確かめたいことが出てきて武田さん宛に二、三度お電話したが、お忙しいようでなかなか連絡がとれなかった。

やっと電話でお話が出来て、御多忙中にも拘らず、大変貴重な資料を送って下さった。

それは、井口氏が作成された飯島家の歴史年表と古文書の写しの二種の書付と因速寺の過去帳のコピーである。

近江屋の家の主人は代々、喜左衛門を名乗ったようである。

喜左衛門家が出た井口家は、長野県の穂高宿の問屋職で、初代は元禄の頃に井口家から

[illegible]たという。

[illegible]享保八年（1723）に生まれたのが、後の初代近喜であ[illegible]から分家したのは井口喜左衛門で、初代近喜の喜左衛門はその四男な[illegible]ないのに、喜左衛門を名乗っているのに多々の疑問を感ずるが、一応資料のまま[illegible]ておく。

その当時、喜左衛門家は甲州や江戸へ煙草を販売していた。

初代近喜は享保十九年（1734）十二歳の時に江戸へ出てくる。

宝暦六年（1756）江戸大火の時、米穀と材木を商って五千両を儲けた。

しかし、その後、商売の方は振るわなかったが、数年後、幕府の請負工事に応募して永代橋下の暗礁を除去して船運の便を通じ、三千両を儲けた。時に近喜、三十三歳。

明和元年（1764）、東照宮百五十年に当たり将軍家治の日光参詣に際し、江戸より三十余里間の路傍の土手を直し、芝の代わりに稗を植えるという機智を発揮して、五千両余の利益を得た。近喜、四十二歳。

このようにして資産を次第に増やし、深川北川町に土地を買い屋敷を構えた。いつから近江屋と称したのか、また信州出身の近喜がなぜ近江屋となったのかは不明。

安永から天明にかけては、資産は三拾万両を超え、田安、清水、一ツ橋の三卿をはじめ、相馬、脇坂、堀田、細川等の諸侯や大小二十数藩の御用達をつとめたという。

天明四年（[illegible]4）、近喜、六十一歳の時、家督を養嗣子の喜平次に譲り、故郷の穂高宿に家[illegible]する。近喜には子がなく、兄の半蔵の次男、喜平次を養子にしたが、[illegible]離縁となり、郷里に帰って江戸家と称した。（或いは、近喜には子[illegible]のかもしれない）

[illegible]は、松本藩主の戸田侯より御用達を命じられ、松本東町に移った。

松本城本丸普請のため、千両を寄進し、一代苗字御免を許され[illegible]この時、飯島という姓を名乗ったと思われる）

[illegible]、近喜、七十六歳。藩に金子を用立て、一代七人扶持をもらう。[illegible]合いを欠き、屋敷を藩に納めて江戸に帰った。（多分、再三に[illegible]て嫌気がさしたものと思われる）

深川北川町の屋敷で亡くなった。享年、八十六歳。

近喜に関する書付の概要である。参考資料として、『長野県[illegible]』、『南安曇郡誌』、雑誌『信濃』（小穴芳美氏）、山田実氏[illegible]挙げてある。

分家して等々力町村の庄屋を勤め[illegible]

この喜左衛門家の四男として[illegible]

る。

井口氏の資料では、長男では[illegible]

[illegible]のだが、[illegible]

井口氏の書付のもう一枚は、活字化されている古文書の写しで、近喜が江戸板橋宿から松本保高（穂高）町村までいく通行手形で、発行人は江戸浅草本願寺門跡留守居、原山専右衛門で、「先触」とあり、その下に、宿々問屋役人中、船川役人中と出ている。文面は以下の如くである。

「本願寺御門跡御内　飯嶋了喜　本馬一疋

印　軽尻一疋　人足十三人

右者明後廿九日朝江戸出立信州松本領保高町村迄旅行之事候宿々書面之人馬差出之船川無滞可被取計候為其先触如此候」

その後に、

「江戸浅草本願寺門跡留守居　四月廿七日

原山専右衛門（印）

板橋宿より中山道より上田通り信州松本領保高町村迄　右宿々　問屋役人中　船川役人中」

この書面の解説が付いているが、「先触」とは、公用等の旅行者のために前もって宿駅に人馬の継ぎ立てや休息の準備をさせた通告書、「本馬」とは荷物を運ぶ馬、「軽尻」とは人が乗って荷物はつけない馬。「飯嶋了喜」については、喜左衛門、本願寺の旦那とあり、前に書いた近喜の経歴が載っているが、ここでは井口喜左衛門家の四男ではなく、二男となっている。また、飯嶋了喜となっていることについて、本来は井口姓だが、親戚の細萱の母方の飯沼の「飯」と、牧村の祖父方の宮嶋の「嶋」をとって「飯嶋」と称した、という。細萱、牧村は地名と思われる。これによると、飯島ではなく飯嶋が正しいのかもしれないが、一応今迄通り、ここでは飯島で通すことにする。

近喜は松本東町に居住の頃、真宗の正行寺の住職、佐々木了秀師の弟子になって、了喜と改名したという。

井口氏の資料はこれで全部で、以上がその要約である。

ここでは、初代近喜は文化六年に亡くなったことになっているが、因速寺の過去帳では、文化十一年八月廿四日となっていて五年の差がある。

因速寺の過去帳は、上から、埋葬者の戒名、埋葬年月日、葬種、所有者、改葬年月日の項目が載っているが、葬種は一例を除いてすべて不詳となって、改葬年月日の項も殆ど記載がない。また所有者については、近江屋の過去帳に出てくる最初の人物、妙勝信女は延享五年（１７４８）五月十一日と埋葬年月日が記されているが、その下の所有者の欄に、飯島寿美、とある。

飯島寿美は四代目露友の妻のいくが露友の死後、柳橋で守竹家という芸者家を営みながら荻江を教えていた、その守竹家の養女といわれている。

したがって、この因速寺の過去帳は元の原本からの写しであるのかもしれない。過去帳の十一行目に、了喜禅門、文化十一年八月廿四日、とあるのが、初代近喜に違いないから、もし文化十一年没とすると、享年は九十二歳になる。

あるいは、これは埋葬年月日であって、所縁のある松本の正行寺あたりに埋葬されていたものを改葬した日付なのかもしれない。

四代目露友の近喜が飯島家の何代目に当たるかを過去帳から調べてみると、初代了喜禅門の後に出てくる男性の法名は、

明願禅門、文政九年（１８２６）四月十二日
了実信士、天保十三年（１８４２）六月十九日
遷兎信士、慶応元年（１８６５）五月十六日
道意信士、明治十七年六月三十日

この道意信士が四代目露友の近喜である。

その四行後に、妙意信女、明治三十六年七月廿五日、とあるのが、露友の妻のいくである。

初代近喜には子がなく、兄の子の喜平次を養子にしたが、後に離縁になっている。その

時期は不明だが、家督を譲ったのが、天明四年初代が六十一歳の時であるから、少くとも三代目はそれ以後にまた、養子として迎い入れたものと思われる。

長命であった初代の存命中に三代目が亡くなることも考えられるが、天明以後、文化十一年に了喜禅門の名が出てくるまでに、男の法名はない。とすると、次の文政九年に記帳のある明願禅門を三代目と考えてよさそうである。それでいくと、露友の近喜は六代目となる。もちろん、前記の故人がすべて近江屋の当主と仮定した上でのことである。

露友の近喜は天保七年（1836）生まれであるから、彼の父親の忌日はそれ以後でなくてはならない。

了実信士は天保十三年没、遷兎信士は慶応元年没。前者とすると父が亡くなったとき、露友の近喜はまだ七歳である。そう考えると、後者が父である可能性が高く、前者は祖父なのかもしれない。

四代目荻江露友について書かれているものも少ないが、その露友が出た飯島という家については殆ど知られていなかった。

すべてははっきりしたというわけではないが、ある程度のことがわかったのは、因速寺の武田幸子さんのお陰と深く感謝している。

＊＊〔追補〕

近喜の屋敷があった北川町というのは、現在の江東区福住一丁目と永代二丁目の一部のようである。

近喜の家の辺りは近江屋河岸と呼ばれていたというので、初め隅田川に面している一帯かと思っていたが、切絵図で見ると油堀西横川という川が北川町の縁を流れていて、どうやら近喜の邸はその川に面してあったので、その辺りを近江屋河岸といったらしい。

近喜については、『史話　江戸は過ぎる』（河野桐谷編）に「北川町さんの話」と「牡丹燈籠のお露さん」の二話が出ていて、近喜の豪華な屋敷の模様やその贅を尽した暮らしぶりを窺い知ることが出来る。

四代目荻江露友となった近喜の家族については、『荻江節考』（竹内道敬著）に家族構成表が出ているが、それによると、露友の近喜には姉（とせ）と妹（露、かめ）二人があり、子供として長男（？）と次男の弁次郎の二人の男の子があり、妻いくには、小よし、せい、はなという、少なくとも三人の養女がいたことになっている。

しかし、「北川町さんの話」には、「露友さんには、弟さんと、お嬢さんとがありましたが、露友さんのお母さんやお父さんは、その頃いたかどうだか子供心で憶えていません」とある。また、その弟は弁次郎といって、浮世絵の美男みたような色男で、後に円朝の牡丹燈籠の話の種になった、とあるから、弁次郎は露友の子ではなく弟なのである。近江屋の主人は代々喜左衛門を名乗るので、前代の近喜と露友の近喜を混同したのかもしれない。長男（?）は実は露友の近喜なのである。「北川町さんの話」には露友の姉妹のことは書いていないが、語り手が近喜の邸に出入りした頃には、既に姉妹達は嫁いだ後だったのだろう。さらにちょっと疑問なのは、同話の続きに、「北川町の屋敷を渋沢さんに売って、柳橋のおいくさんの所にはいってしまい、たくさんの子供が出来たのです」と出ているることで、「たくさん子供が出来た」とあるのだから、養女もあったかもしれないが、実子がいても不思議ではない。

また、露友の近喜には娘があって、原庭という質屋に嫁いだ、とあるのは、いくと一緒になる前のことだから、露友には前妻があったことになるが、因速寺の過去帳でそれらしい人物を捜すと

貞操信女　安政二年十月廿六日

妙無禅尼　明治五年二月廿三日

の二名だが、安政二年といえば、露友の近喜はまだ二十歳である。

妙無禅尼の方は、禅尼という法名から、先代近喜の妻、つまり、露友の母の可能性の方がありそうだ。

露友が若くして結婚し、その妻が娘を出産して間もなく死んだものとすれば、この貞操信女という女性かもしれないが、そうでない可能性、例えば露友の若死した妹ということもあり得る。

そうだとすると、露友は前妻とは離婚したことになる。

明治以後の因速寺の過去帳を挙げると、

妙無禅尼　明治五年二月廿三日
道意信士　明治十七年六月丗日（露友）
智敬童女　明治十一年八月十一日
兎一信士　明治廿六年十一月廿一日
妙福信女　明治丗五年十二月十二日
妙意信女　明治丗六年七月廿五日（いく）
妙悟信女　大正二年七月廿七日

葬種の欄は、前半はすべて不詳となっているが、明治以後はすべて火葬とある。

右の中で、智敬童女の忌日が露友の道意信士と年月が入れ替って年代順になっていない。

また、過去帳の下の空欄に次のような書き入れがある。

大正二年七月廿七日
得船院聞法日悟善（?）女人
右ハ飯嶋直次郎ノ妹ニテ
他寺へ埋ム

昭和七年六月廿日
釋真證居士

前の方の「大正二年――」の悟善（?）女人というのは、戒名が違うが忌日が同じなので、妙悟信女のことと思われる。

現在、飯島家の墓は無縁になっているが、その最後の人物がこの妙悟信女である。

俗名、年令は不明だが、この飯島家の過去帳の最初の欄、妙勝信女、延享五年五月十一日、とある下の所有者欄に「飯島寿美」とある人物がこの妙悟信女である可能性が高い。

そうだとすると、『荻江節考』にある露友の妻いくの養女、小よしということになる。

同書には、寿美《すみ》は小よしの本名とある。

露友の没後、妻のいくは柳橋で守竹家という芸者家をやりながら荻江を教えていたようだが、『荻江節考』によると、この守竹家には少なくとも、寿美、せい、はな、という三人の養女がいた、としている。

しかし、この妙悟信女が、小よしの寿美であるか、ないかに拘らず、彼女は飯嶋直次郎なる者の妹であって、それと共に、飯嶋姓を名乗る人物が他にいたということになる。

直次郎は、露友といくの間に出来た子供なのだろうか。「昭和七年——」の釋真證居士というのも全く不明。

『荻江節考』の露友の家族構成表は、中川愛氷著の『三絃楽史』に書かれていることを基にしているので、同書をみると、いくが亡くなった後、守竹家を継いだのは寿美（小よし）なので、寿美が長女だったのかもしれない。

せいについては、せいの孫に当たる赤羽紀武氏から御連絡頂き、ある程度はっきりした。

せいは神田東松下町の赤羽武次郎という医師の許に嫁いだ。赤羽氏は荻江の唄に惚れ込んで、いくの娘を貰ったのだという。

そんなことだから、自分でも荻江を唄い、中川愛氷氏によると、「素人にしては旨すぎる」腕前だった、とある。（『三絃楽史』）

お孫さんの赤羽紀武氏は歌舞伎座の顧問医をしておられる方だが、おじい様が荻江をやっていたことを御存知なかったようだ。

せいは昭和十六年、六十六歳で亡くなった由だが、享年を数え年として逆算すると明治九年生まれとなる。

いくは柳橋で政吉という名で左褄をとっていた。成島柳北の『柳橋新誌』の第二編に、柳北が八、九年前の文久二年（１８６２）に友人で詩人の柳河春三と柳橋で遊んだ時、芸者二十四人を花に譬えて詩を詠んだことを回想して、

「而して当今存する者は唯阿幸、菊寿、政吉〔今阿郁と稱す〕阿蓮四人耳」

といっている。柳北の同書の第二編は明治四年の刊行だから、その頃には政吉はいくとなっていた。ということは、既に露友の世話を受けていたものか。弘化二年生まれのいくは明治元年には二十四歳になっている。

ちなみに、当時の政吉は燕子花《かきつばた》に譬えられている。

せいの妹のはなは、ある人の妾になったと『三絃楽史』にある。

また、この寿美、せい、はなの他に、富本豊志太夫となった、戸倉某という者がいくの娘を妻とした、と出ているので、名前はわからないが、他にも娘があったようだ。

「北川町さんの話」に、「たくさん子供が出来た」と出ていることを考え合わせると、彼女達は養女ではなく、露友といくの実子であったとも考えられる。

『三絃楽史』を見ると、露友の姉妹の系統には荻江をやっている者が多いが、いくの子供

達は殆ど荻江とは無縁だったようだ。

露友の近喜が誰から荻江を習ったのか。

家元の権利は吉原の玉屋山三郎の家にあったと思われるが、それを取得した経緯など、今以て不明である。

露友の姉妹が荻江をやっていたということは、露友が教えたとも考えられるが、彼が家元になる以前に近江屋河岸の邸に誰か荻江の師匠が出稽古に来ていた可能性も否定出来ない。

円朝の「牡丹燈籠」のモデルになったという露友の弟の弁次郎は、「北川町さんの話」に、「終に、この人は、その頃でいう蝦夷に行って、それっきり行方不明になったという話を聞きました」と載っている。

あとがき

平成十二年のミレニアムから始めたこの京扇堂ＨＰも昨年の師走で百回を迎えた。試行錯誤の八年有余だったが、この「せんすのある話」シリーズもこれで三冊目になった。

第一冊目は手探りで内容もバラバラだったが、二冊目の『江戸落穂拾』は一応題材を江戸に絞って、それなりにまとまっていたと自負している。しかし、この三冊目は改めて読み返してみると、やや理屈っぽくて一般向きではなかったと反省している。

京扇堂さんからはまだストップが掛からないので、この先どの位続けられるかわからないが、まずは平成二十二年八月までの丸十年を目指して、今後は楽しい話題を取りあげて行きたいと思っている。

大先輩の小山觀翁さんに、前著に引き続き序文をお願いし過分なお褒めの言葉を頂戴して恐縮している。

改めて、厚く御礼申し上げる。

なお、京扇堂ＨＰのアドレスは次の通り、江戸文化に関心のある方のアクセスをお待ちしている。
(http://www.kyosendo.co.jp/)

荘司賢太郎

〈著者略歴〉

荘司　賢太郎（しょうじ　けんたろう）

1930年、東京本所の生まれ。
学生の頃から邦楽、特に古典に興味を持ち、
荻江節を荻江寿々師、河東節を山彦やな子師
について習う。
サラリーマン生活の後、コンサルタント業の
傍ら雑文を書いて今日に至る。
著作　せんすのある話（創英社／三省堂書店）
　　　江戸落穂拾（創英社／三省堂書店）

江戸吹き寄せ　～せんすのある話Ⅲ～

2009年5月20日　　初版発行

著　者
荘司　賢太郎

発行・発売
創英社／三省堂書店
東京都千代田区神田神保町1-1
Tel：03-3291-2295
Fax：03-3292-7687

印刷・製本
三省堂印刷

ISBN 978-4-88142-384-4 C0076